세상에서 가장 아름다운 정원

세상에서 가장 아름다운 정원

정기호 지음

사름의무늬

아일랜드

영국

암스테르담

런던(블룸스베리: p.24) ●
루이스(p.32) •
로드멜(울프 정원)

벨기에
브뤼셀

지베르니(모네 정원)
• 메당(p.95)
파리(로댕미술관: p.161)

프랑스

🌳 정원소재지
● 각국 수도

스웨덴

덴마크

훔레벡(루이지아나 미술관: p.169)

● 코펜하겐

덜란드

폴란드

•게르덴(p.40) 베를린 ●

독일

예나(실러 정원: P.11)

룩셈부르크

● 프라하

룩셈부르크

체코

슬로바키아

빈 ●

가이엔호펜(헤세박물관: p.68)

오스트리아

보덴호

헝가리

● 베른 스위스

슬로베니아

몬타뇰라(헤세 정원)

크로아티아

이탈리아

피에솔레(메디치 빌라: p.94)

로마
●

지베르니 모네 정원

정원 이야기
작가의 정원

　고금을 막론하고 이름난 정원들은 지역을 대표하고 한 시대를 대표하는 이름의 높이만큼이나 과시적이고 표현적이다. 그래서 보는 이를 압도한다. 넋을 놓고 바라보는 것 외의 다른 어떤 것도 할 수 없이 우리는 그저 구경하는 한 사람의 객이 될 뿐이다. 연못과 분수, 순백색 조각상, 빽빽하게 들어선 숲과 끝이 보이지 않는 잔디밭. 유럽에는 어디 눈 가지 않는 구석 없이 저대로의 아름다움을 뽐내는 정원들이 많지만 그 대부분이 과시적이며 표현적이어서 우리를 압도한다.

　과시적이지 않으면서 자유로이 관람할 수 있는 정원, 뭐 그런 게 없을까 하다가 작가의 정원이란 걸 떠올렸다. 작가의 정원이란 말 그대로 우리가 좀 알고 있는 유명 작가로서 어떤 식으로든 가지고 있었을 그들의 정원을 가정한 것이다. 그래서 작가와 정원 이야기, 즉 그들의 정원에 관한 글로부터 그들이 가지고 있었던 정원에 대한 생각을 공유해볼 수 있는 게 아닌가 하는 바람 같은 것이 있었다.

　이탈리아의 르네상스, 근대문예운동이 본격적으로 전개되기 훨씬 전의 중세 후기에 이탈리아 북부에서는 단테, 페트라르카, 보카치오 같은 인본주의자들이 〈신곡〉, 〈데카메론〉 같은 작품들을 통해 인간을 들여다보는 인문시대를 비추고 있었다. 그 가운데 페트라르카(1304-1374)는 "정원은 사색과 성찰과 시를 위한 이상적인 환경"임을 천명하고 집에 정원을 만들어 자신의 정원론을 손수 실현해 보였다. 정원을 정의하고 정원을 만든 것이 무슨 대단한 일일까 싶지만, 신 중심의 사회에서 시를 위한 이상적 환경, 인간 자신을 위한 정원을 이야기한 것은 보통 이상의 일이었을 것이다. 페트라르카의 정원은 유럽 정원을 통틀어서 최초의 근대 정원으로 꼽히기도 하지만 아무튼 작가의 정원 반열에 올려볼 수 있는 정원으로서 유럽에서 가장 오래된 예가 아닐까 싶다.

오랜 중세 동안에도 유럽에는 수도원을 중심으로 정원들이 존재했었다. 수도원 교회 중정에 있던 정원은 신성함을 표현한 것으로 일상 가까이 두고 즐길 수 있는 성격은 아니었다. 수도원에는 신성정원 외에도 약초나 식용을 위한 식물들을 재배하던 실용정원이 있었고 일반 민가에서도 그런 정원들이 있었을 것이지만 오늘날 중세의 전형을 갖춘 정원을 만나기는 쉽지 않다. 영국의 코티지 가든(Cottage Garden) 같은 것이 그에 가까운 것으로 볼 수 있을 것 같다. 16세기 중반 셰익스피어의 부인 앤이 결혼하기 전까지 살았던 친정의 정원, 오늘날 앤 헤서웨이 정원으로 불리는 정원이 상당히 오랜 역사적 유래를 지니고 있는 코티지 가든으로 알려져 있다. 독일에도 그 계통의 정원으로서 농가나 민가에서 가꾸어 왔던 실용 작물 중심의 같은 형식의 정원들이 있었다. 영국의 그것은 바닥의 초지조차 거의 보이지 않을 만큼 촘촘하게 온갖 종류의 화훼류가 얽혀 있는 모습을 띠는데 비해 독일의 정원은 잘 다듬어놓은 방형의 구획과 원로로 정리되어 있으면서 종류별로 분류된 원예학습장 같다. 18세기 후반의 괴테나 실러가 자신의 집

뜰에 가꾸었던 예나의 실러하우스, 바이마르의 괴테하우스 같은 곳을 대표적으로 꼽을 수 있다. 바이마르에는 괴테가 살던 집 괴테하우스와 서재처럼 쓰던 괴테가르텐하우스가 있는데, 여기서 이야기하는 정원은 시내 한 가운데 자리 잡은 그가 살던 집 괴테하우스의 정원을 말한다.

르네상스 때부터 시작된 유럽의 근대정원은 이후 수백 년 동안 유럽 각국에서 왕이나 높은 지위의 권력자로서 궁이나 저택과 함께 자신의 격에 어울리는 방식의 정원을 갖추어갔다. 역사적으로 이름나거나 대단한 볼거리를 갖춘 명원의 반열에 드는 이들 정원은 권력과 재력의 소산이란 의미에서 '파워 가든'이라 명명해볼 수 있다. 그에 대하여 권력자가 아닌 일반 시민으로서 꽃을 가꾸고 실용 작물을 가꾸며 소박한 꿈을 실어놓은 작은 꽃밭 같은 정원은 '마이 가든'이라 해본다. 굳이 부연하자면, 작가의 정원을 통하여 마이 가든에 가까이 가보려는 것이다.

'작가의 정원'의 관점에서 보자면 14세기의 페트라르카의 정원 이래로 오랜 침묵을 지켰다가 잠시 고개를 들었던 때가 있었다. 18세기 후반 독일 고전주의의 두 기둥이었던 괴테와 실러가 그들의 정원을 만들고 정원론을 펼쳐 내보였던 때다. 특히 예나의 실러 정원은 괴테와 실러의 역사적 만남이 있었고 서로를 알아가고 존중하며 문학과 사상을 논의하고 담론을 나누며 각자의 생각을 펼치던 장이기도 했다. 문헌과 도면 등 옛 자료에 의거하여 예나의 실러하우스에 재현되어 있는 이 정원은 외형으로 보아서는 화초와 실용 작물을 중심으로 구성한 수수한 화훼원 같은 성격이지만 실러가 집필하던 서재, 작은 부엌을 둔 오두막, 괴테와 담론을 나누던 장소들이 함께 잘 보존되어 있어서 실러가 살던 당시의 생활공간으로서 작가정원에 포함시키기에 손색이 없다.

Garden as Outdoor Room. 독일 게르덴.

정원의 역사상 고대와 중세 그리고 근대사회로 이어지는 동안 유럽에서는 귀족과 상류계급 취향의 정원이 주를 이루었고 지역마다 문화권마다 다양한 형식의 정원들이 등장했다. 19세기 후반 영국을 위시하여 독일과 프랑스 등지에서는 시민에게 개방한다는 취지의 공공정원이나 거의 요즘의 공원에 근접하는 기능의 도시녹지 공간들이 등장했지만, 경관을 조망하고 가까이의 꽃으로 장식된 화훼원과 정원을 장식한 조형물들을 감상하게 하는 등 오랜 역사시대를 거쳐 이어져온 역사정원의 틀을 크게 떨쳐내지는 못했다.

20세기에 들면서 일반 시민계층으로 하여금 자신들이 소유하며 향유할 수 있는 정원이 등장하였는데, 이전의 역사정원들에서 보여준 것과는 전혀 다른 것이었다. 정원의 역사상 현대정원의 시대에 접어든 것이다. "Outdoor Room", 즉 (실내로부터 벗어나) 외부로 확장된 거실의 개념에 바탕을 둔 정원, "Garden as Outdoor Room"으로서 "앉아서 먹고 마시며 담소하는" 실내의 거실과 같은 뜰을 이룬 형식의 정원들이 나타난다. 그게 뭐 별건가 하겠지만 20세기 초 영국에서 활동하던 독일의 건축가 무테지우스(Hermann Muthesius, 1861–1927)에 의해 창안된 이 개념은 오랜 역사시간을 지내오며 거의 틀이 바뀌지 않고 있던 정원의 개념을 흔들어놓은 새로운 패러다임이 되었고 이후 독일의 현대정원의 핵심 포인트로 자리 잡았다.

작가정원은 괴테와 실러의 정원 이후로 다시 오랫동안 잠잠해진다. 19세기 중엽 귀족사회에서 시민계급의 지위가 상승되며 시민 사회가 도래하였고 19세기 말 정원 소재와 기술의 대중화 시대가 열리면서부터 정원에 관심을 기울인 많은 사람들이 등장하는데, 우리가 알 만한 유명인으로는 20세기 전반의 에밀 졸라, 그리고 화가 클로드 모네 같은 이를 꼽을 수 있다. 에세이집 〈정원 일의 즐거움〉이나 산문시 〈정원에서 보낸 시간〉 같은 글로부터 헤세의 정원을 떠올려보았고, 〈댈러웨이 부인〉의 작가 버지니아 울프의 몽크스하우스 정원이 존재한다는 것도 우연히 알게 되었다.

그렇게 화가 클로드 모네의 〈수련〉이 탄생한 지베르니 정원을 비롯하여 몇몇 작가의 정원들이 그들의 글과 함께 나의 관심 범위에 들어왔다. 물론 그들 말고도 얼마나 많은 우리의 일상 주변의 정원들이 각자의 방식으로 정원 이야기들을 들려주겠냐만, 세 사람의 정원과 그들의 이야기로써 작가정원을 더듬어 보는 첫걸음을 딛는다는 데 의미를 두고자 했다.

작가의 정원을 찾아다니며 그들이 작품을 구상하던 환경으로 작품의 산실로 그리고 작가 사적인 일상의 환경으로서 그들의 정원을 만나보았다. 느낌대로 설명도 해보고 나름의 느낌에 맡겨 이야기를 끌어내보았다. 문학의 문외한으로서 작가의 내면에 한걸음 다가가 볼 수 있었던 것은 순전히 작가의 마음을 읽도록 도와준 '정원'이 있었기 때문일 것이다.

독일 예나의 쉴러하우스. 실러가 살았던 3층 가옥 앞의 넓은 뜰 전체에 정원이 조성되어 있었지만 현재는 절반 정도는 잔디밭으로 두고 나머지 절반 정도에 초화류 중심의 정원을 복원해 두었다.(위, 왼쪽 및 오른쪽) 정원 한쪽에는 실러가 주로 집필을 하고 했다는 2층 구조로 된 작은 오두막(아래 오른쪽)과 괴테와 함께 많은 이야기를 나누었다고 하는 돌로 된 벤치와 탁자가 있는데, 정자 형식의 그늘 집이 있었지만 현재는 철재로 골조만 복원해 놓았다.(아래 왼쪽)

I

로드멜,
울프 정원

버지니아와 레너드의 아름다운 삶

⇑ 런던, 이른 아침 템스 강변 ⇓ 런던, 세인트 제임스 파크

댈러웨이 부인이 거닐던 런던은 어떤 곳이었을까? 공원, 아름다운 궁, 역사적인 건축물, 넓은 가로수길, 그리고 거대한 항만시설과 웅장한 콘서트홀, 오랜 역사와 전통을 가진 도시, 귀족과 젠트리, 왕족이 소요하던 화려한 빅토리아 시대의 유산이 넘치는 도시.

정말 솔직히 말하자면 나는, 버지니아의 그 복잡한 속마음을 들여다보고 싶었다. 〈댈러웨이 부인〉의 클라리사로부터 버지니아를 떠올릴 수 있을까.

런던

이른 아침의 본드가. … 그녀는 생선 가게를 기웃거리다가 장갑
집 진열장 있는 데서 잠깐 발을 멈춘다. 전쟁 전에는 최상품 장갑을
살 수 있었던 가게였다. 나이 든 숙부 윌리엄은 귀부인인가 아닌가는
그 구두와 장갑으로 알 수 있다고 곧잘 말했다. (댈러웨이 부인, 22)

브리티시 뮤지엄 앞의 빨간 공중전화 박스

　　우체통 옆에 서서 이러한 생각들을 하고 있었다. … 지금, 그런
한 순간이 대영박물관 맞은편 우체통 옆에 서 있는 내게 찾아온 것이
다. 그것은 여러 가지 사물들의 결합에서 생기는 것이다. 구급차 그
리고 삶과 죽음이. … (댈러웨이 부인, 243-244)

〈댈러웨이 부인〉과 런던

〈댈러웨이 부인〉(1924)은 클라리사 댈러웨이 부인의 하루 동안 이야기를 다룬 버지니아 울프(1882-1941)의 소설이다. 제1차 세계대전이 막 끝난 시점, 저녁 파티에 필요한 꽃을 사러 집을 나선 클라리사는 런던의 시내를 거닐면서 옛날의 일들을 떠올린다. 독자들은 클라리사를 따라 공원, 아름다운 궁, 역사적인 건축물, 넓은 가로수길, 거대한 항만시설과 웅장한 콘서트홀, 오랜 역사와 전통을 가진 도시, 귀족과 젠트리, 왕족, 빅토리아 시대의 유물이 넘치는 도시 런던 시내 곳곳의 런던 사람들의 이야기를 듣는다.

〈댈러웨이 부인〉은 의식의 흐름으로 구성된 소설로 알려져 있다. 세인트 제임스 공원에 이르렀는데 갑자기 전쟁 전에 있던 누구와의 일이 떠오른다. 그때 그 친구 오래 연락도 못하고 지냈네, 아, 그런데 얼마 전 전쟁터에서 무사히 고향에 돌아왔다는구먼. 그런 생각을 하면서 공원을 벗어나 큰길로 나선다. 집을 나선 클라리사는 런던의 거리와 공원을 지나면서 가까운 과거, 먼 옛날 일을 떠올리고 아무개와 아무개, 예전부터 알고 지내던 사람의 일을 떠올린다. 예전의 일이 아니어도 이를테면 지금 바로 눈앞에 펼쳐지는 일들로부터 그에 이어지는 일들을 연상해간다. 이를테면 버킹검 궁에 깃발이 내걸린 걸로 왕궁에 왕이 돌아와 있다는 걸 알아차린다거나처럼 의식의 흐름이라는 건 이렇게 그때그때 기억해낸 여러 일들이 순차적으로 엮어지는 걸로 말하는 것 같다.

충분히 가능한 구성이기도 하거니와 또 그런 구성이 뭐 그리 난해

할 게 있나 싶을 수도 있지만 소설이 발표되던 당시의 관점에서 보자면 의식의 흐름이란 것도 그랬겠고 또 밑도 끝도 없이 툭툭 불거지는 잡다한 일들을 이어붙여 놓은 방식의 이야기는 분명 난해했을 것이다. 초기의 버지니아의 소설들은 호응을 받지 못했다. 더욱이 여성으로서 이런 걸 썼다는 자체가 쉬 용납될 수 없는 것이라 해서 상당히 혹평을 받기도 했었던 모양이다. 그러나 〈댈러웨이 부인〉을 통하여 버지니아는 제대로 인정을 받는다.

> 본드가는 그녀의 마음을 사로잡았다. 이른 아침의 본드가. … 그녀는 생선 가게를 기웃거리다가 장갑집 진열장 있는 데서 잠깐 발을 멈춘다. 전쟁 전에는 최상품 장갑을 살 수 있었던 가게였다. 나이든 숙부 윌리엄은 귀부인인가 아닌가는 그 구두와 장갑으로 알 수 있다고 곧잘 말했다. 전쟁이 한창이던 어느날 아침, 숙부는 침대에서 몸을 뒤척이다가 돌아가셨다.
> … 자동차는 이미 떠났지만, 뒤에 남겨진 조그만 파문은 본드가의 양쪽에 늘어서 있는 장갑가게, 모자가게, 양복점 사이를 흘러갔다. … 피카딜리가를 조용히 가로지른 자동차는 세인트 제임스가로 꺾어 들었다. (댈러웨이 부인, 22, 32-33)

아무튼 나는 댈러웨이 부인의 걸음을 따라 런던의 거리를 거닐고 싶어졌다. 소설을 따라가 보는 런던 거리, 거기서 혹 버지니아 울프의 내면을 들여다볼 수 있을까 하는 과한 바람도 있었다. 〈댈러웨이 부인〉을 들고 소설에 나오는 대로 세인트 제임스 공원을 거쳐 레전츠 파크

전철역까지 갔다가 그리고 혹시나 브리티시 뮤지엄 앞의 빨간 공중전화 박스 같은 것도 있나 살펴보려 그러고 있다. 버지니아가 살았던 동네, 블룸스베리로 가는 길목에서 우연히 소호 거리를 지나게 되었다. 칼 마르크스가 망명시절 살았던 동네가 바로 런던의 소호 거리였다. 어디서 읽은 칼 마르크스의 런던 망명생활 동안의 어려웠던 일상이 떠오른다.

망명해 온 칼 마르크스, 영국에 도착한 지 일 년이 되는 1850년 부터 마르크스 일가는 딘 스트리트 28번지 소호에 살고 있었다. 집 밖의 소호 거리에는 콜레라가 극성이었다. 당시 런던의 소호는 전형적인 망명자 동네로 세련된 멋이나 매력이라곤 전혀 없는 곳이었다. 대표적 빈민촌으로 위생 상태는 엉망이어서 전염병이 돌기에 딱 좋은 조건을 갖추고 있었다. 영국의 사회개혁가 옥타비아 힐이 〈런던 빈민가〉에서 런던에서 가장 열악한 환경의 빈민촌 소호와 부근의 세인트 자일스에 대해, "매일 저녁 이 지역의 좁은 골목길을 배회하다보면 썩은 기름

블룸스베리 광장 중앙의 녹지대 왼쪽 끝의 1층에 버지니아가 살았다.

에서 나오는 악취에 몸서리쳐진다"고 했던 것이나, 프로이센 정보원의
보고서에 나온 "마르크스는 런던의 빈민지역에 방 두 칸짜리에 세 들
어 살고 있다. 집 안에 들어서니 자욱한 담배연기가 가득하고…"라 했
던 런던 소호의 칼 마르크스 일가가 살았던 집 안으로 봐서도 그랬다.
부유층이 사는 지역에는 수도관이 설치되어 소수의 상류층 집단들이
수돗물을 사용하고 있었지만 그 외에는 공동 펌프를 통해 극도로 오염
된 템스강 물이 공급되었다. 그리고 몇 십 년 후에야 로베르트 코흐에
의해 밝혀진 '박테리아 비브리오 콜레라', 즉 대장균을 통해 병이 전염
되고 있었다.

　도시에는 밝은 면과 어두운 면이 함께 존재한다. 세인트 제임스
파크, 레전츠 파크 그리고 블룸스베리 같은 클라리사가 지나오던 소설
속의 당시 런던의 상황으로 미루어보자면, 댈러웨이 부인의 발걸음을
따라가는 런던은 공원과 정원, 여러 명소들의 쾌적한 환경이 있는 런

던의 밝은 면이 있는 곳들이었다.

버지니아는 아버지를 여의자 곧바로 집을 나왔다. 언니와 함께 블룸스베리에 집을 얻어서 편안한 생활을 했었다. 버지니아의 블룸스베리 집에서는 "블룸스베리 그룹"이라고 불리던 문인, 예술인 그리고 여러 다양한 방면에 종사하는 젊은이들이 모여 작품을 읽고 사회 비평을 하면서 지내던 일종의 친목모임이 있었다. 레너드도 거기의 멤버였다. 버지니아에게 블룸스베리는 그 전의 어릴 적 살던 집과는 비교가 되지 않을 만큼 쾌적한 동네였다. 블룸스베리에는 광장의 넓은 녹지를 위시하여 저택 같은 집들이 사방을 빙 둘렀는데, 철책 안의 녹지에는 나무와 풀밭 사이로 산책로가 나 있어서 잠시 거닐 수도 있게 되어 있다. 철책 바깥으로는 깨끗하게 잘 포장된 광장이 둘러져 있는데 이른 아침이라 공원으로 드나들 문은 잠겨 있다. 빽빽하게 숲을 이룬 나무와 푸른 풀밭의 녹지공간이 블룸스베리의 고전적인 연립주택의 아름다움에 한결 쾌적함을 더해준다. 조용하고 쾌적해서 이 정도라면 런던 도심의 주택가로서는 최고가 될지도 모르겠다.

18-19세기 무렵 영국에서는 시민계층의 위계가 높아지면서 귀족들처럼 저택 같은 집에서 살고 싶어 했다. 광장에 면하여 공동주택 형식의 3-4층의 건물을 저택 같은 입면으로 길게 펼쳐놓고 광장 한가운데 울타리를 친 넓은 녹지를 만들어 각 가구마다 출입구 열쇠를 가지고 있으면서 녹지를 커다란 정원처럼 소유하는 방식이었다. 저택 같은 집에 살면서 저택의 정원에서나 가질 수 있을 넓고 쾌적한 잔디와 수목이 우거진 공간을 소유하게 되어, 시민으로서 저택을 가질 수는 없지만 마치 넓은 정원을 갖춘 저택에 사는 느낌을 가지도록 배려된 것이다.

블룸스베리, 버지니아 울프가 살던 곳

런던

버지니아의 블룸스베리는 대표적 동네였다.

내면의 장소, 기억 속

초등학교 들어가기 전 살던 집에는 넓은 마당이 있었다. 담 한쪽의 쪽문을 열고 나가면 마당에 연이어 넓은 텃밭이 있었다. 텃밭 울타리 가득 탐스런 호박꽃이 피어 있었고, 그 시절의 나는 대부분의 시간을 꿀 따느라 분주하게 노란 꽃잎 안을 드나드는 꿀벌들을 보며 지냈다.

어릴 적 시골에서 자란 대부분의 사람들이 그렇겠지만 나는 요즘도 담벼락 덩굴에 가득한 호박꽃을 보면 텃밭에서 놀던 어릴 적 일을 떠올린다. 이렇게 무엇만 보면 떠오르는 일, 연상되는 유사한 기억들과는 달리 드물긴 하지만 반드시 나한테만 적용되는 특수하게 연상되는 경우가 있다. 예를 들면, 빨갛게 닭 벼슬 같은 꽃을 피운 맨드라미를 보면 나는 할머니가 떠오른다. 할머니는 맨드라미꽃을 좋아하셨다. 하필 그 꽃이 좋으셨던 건 그게 꼭 닭 벼슬 같기 때문이었다. 나중에 이 손자가 커서 훌륭한 사람이 되어 높은 벼슬 하기를 비는 할머니의 마음으로 이어진다.

버지니아도 그런 기억과 연상을 따라, 막 전쟁이 끝난 평화로운 적막함이 내려앉은 어느 하루 동안의 일을 세인트 제임스 파크 그리고 레전츠 파크, 본 스트리트, 〈댈러웨이 부인〉에 등장하는 여러 장소들과 그곳에서 떠올리던 여러 기억들과 함께 담담히 그려내었을 것이다. 런던 시내의 여러 곳 중 대영박물관 맞은편의 우체통 옆에서 떠올린 댈러웨

런던, Garden Museum

이 부인의 기억은 좀 다른 것이었다.

> 우체통 옆에 서서 이러한 생각들을 하고 있었다. … 지금, 그런
> 한 순간이 대영박물관 맞은편 우체통 옆에 서 있는 내게 찾아온 것이
> 다. 그것은 여러 가지 사물들의 결합에서 생기는 것이다. 구급차 그
> 리고 삶과 죽음이. … (댈러웨이 부인, 243-244)

공원, 거리 등 밝은 런던의 장소들을 내보였던 것과는 달리 우체
통 옆에서 연상한 것은 구급차, 삶, 죽음 이런 것들이었다. 대영박물관
앞의 빨간 우체통에서 버지니아는 무엇을 떠올렸을까? 버지니아의 작

품에 등장하는 장소를 찾아 작품을 음미하고 거기서 소설에 나오듯 뭔가를 떠올린 걸 확인하고 하는 그런 게 뭐 그리 중요할까 싶었다. 이 부분에서 나는 댈러웨이 부인을 따라 쫓아가던 런던에서의 발걸음을 멈추었다.

1923년의 6월 어느 하루를 담담히 그린 작품 〈댈러웨이 부인〉을 탈고한 건 1924년 10월이었다. 〈댈러웨이 부인〉을 발표하기 전 버지니아는 케임브리지 대학에서의 강연 준비를 하고 있었다. 그 원고에서 버지니아가 인식한 의식의 흐름에 관한 생각을 만날 수 있다.

> 재래적인 기술법으로는 인물의 표면을 스쳐 이야기할 수밖에 없고, 내면적 진실을 표현할 수 없다. 인간의 내면이란 카멜레온처럼 수시로 변하므로 포착하기가 매우 어렵다. 인간의 의식은 주로 기억으로 구성된다. 그래서 항상 외적인 묘사라든가, 설교와 도덕론을 뛰어넘어서 인간의 신비로운 내면에 접근해야 하는 것이다.(1924년 5월, 버지니아의 케임브리지 대학 강연원고) (버지니아 울프, 115)

버지니아 울프는 의식의 흐름의 방식을 통하여 무엇을 이야기하고 있었을까? 소설과 함께 런던 거리를 거닐며 진짜 궁금했던 건 소설에 나온 장소가 아니라 소설의 인물과 작가에 관한 것이었다. 정말 솔직히 말하자면 소설을 읽으면서 그 복잡한 속마음을 가진 버지니아의 속을 들여다보고 싶었다. 〈댈러웨이 부인〉의 클라리사로부터 버지니아의 복잡한 내면을 제대로 떠올릴 수 있을까?

버지니아의 정원

〈댈러웨이 부인〉을 원작으로 한 동명의 영화 〈댈러웨이 부인〉 (2006)의 첫 장면, 차질 없이 파티 준비가 되고 있는지 식탁을 잠시 둘러보고 밖으로 나서는 외출 차림의 댈러웨이 부인, 현관을 나서기 전 현관의 우산꽂이에서 예쁜 우산을 챙겨든다. 여기가 런던임을 명료히 하는 장면설정이지만 원작에는 없는 이런 소품 처리에 감독의 세심함이 말없이 전해져 온다. 영화의 진솔함, 진정 어린 감독, 이런 정도의 영화라면 좀 진중하게 들여다봐도 되지 않을까 싶다. 이런 영화를 만든 감독이라면 소설의 인물을 어떻게 해석해놓았을지 한번 들여다볼 만하지 않나?

감독은 문을 열고 나가는 댈러웨이 부인의 뒷모습에서 장면을 바꾸어, 이층 창문을 확 열어젖히며 환하게 웃는 젊은 아가씨, 약 30년 전의 젊은 시절의 클라리사를 등장시키면서 아주 쾌활하고 명랑하게 그려놓았다.

소설은 이렇게 시작된다.

"꽃은 내가 가서 사 와야지."

댈러웨이 부인은 혼자 중얼 거렸다. 루시는 루시대로 할 일이 많아 틈이라곤 손톱만큼도 없으니까. … 어쩜 이렇게도 멋있는 아침일까. 클라리사 댈러웨이는 생각했다. (댈러웨이 부인, 9)

영화가 설정한 클라리사, 창문을 열어젖히며 웃는 모습은 쾌활한 성격으로 전해오지만, 그건 소설의 클라리사, "싱그럽고 고요하고 지

런던, 세인트 제임스 파크

금보다도 훨씬 조용한 아침 대기를 만나는 열여덟 살의 소녀"였던 주
인공과는 많이 다르다. 내가 짐작하는 한의 버지니아, 혹은 어쩌면 이
렇지 않을까 하고 떠올려보던 버지니아와는 많이 달랐다.

　　'어쩌면 이리도 멋있을까, 대기에 몸을 내맡기는 싱그러움이
란…….'
　　그 소리가 지금도 귓가에 쟁쟁하다. 돌쩌귀의 삐걱거리는 소리
를 들으며, 프랑스 식 창문을 활짝 열어제치고, 부어턴의 대기 속으
로 뛰쳐나갔을 때, 언제나 이렇게 느꼈다. 이른 아침 공기는 아주 싱
그럽고 고요했다. 물론 지금보다도 훨씬 조용했다. 그 당시 열여덟
살의 소녀였던 그녀에게는 …. (댈러웨이 부인, 9-10)

'댈러웨이 부인'을 따라 런던의 거리를 걸으며 버지니아의 흔적을

따라갔지만 그걸로 버지니아를 알아낼 수는 없었다. 정원에는 작정자의 의도가 담겨 있고, 그래서 정원을 통하면 그 사람의 내면에 좀 더 가까이 갈 수 있다. 결혼을 하고, 런던 시내를 벗어나 멀리 시골로 내려가 살았던 정원도 딸렸다는 그 집이라면, 물론 거기서 대단한 무엇을 찾아내리라는 큰 기대를 하는 건 아니지만 그래도 혹 그녀의 정원에 서라면 그녀를 좀 들여다볼 수 있을지 모르겠다.

몽크스하우스

버지니아라면 어떤 정원을 갖고 있었을까? 〈댈러웨이 부인〉을 구상하고 집필하던 때 살던 집, 몽크스하우스를 찾아가는 길이다. 몽크스하우스는 런던 남쪽 로드멜이란 동네에 있다. 1919년 버지니아는 남편 레너드와 함께 런던 시내의 어느 지하실을 세내어 인쇄소를 운영하고 있었는데, 집주인과 언짢은 일이 생긴 끝에 홧김에 매물로 나온 어떤 집 하나를 사버렸다. 런던 남쪽의 루이스란 곳이었다. 어떤 집인지 보지도 않고 있다가 나중에야 그때 산 집을 보러 오게 되었다. 루이스에 온 길에 거기서 얼마 떨어지지 않은 시골마을 로드멜의 어떤 집의 경매 광고를 봤다. 그냥 한번 가보자 했던 모양이다. 조촐한 2층 집에 잘 가꾸어지지는 않았으나 꽤 넓은 뜰에 작은 과수원도 있었고 정원은 교회 묘지로 이어져 있었다. 그 집을 800파운드에 낙찰시켰다.

부부가 힘을 모아 집을 손질했는데 버지니아는 칠하는 일을 맡았다. 여기서 〈제이콥의 방〉을 구상하고 탈고했다. 1922년에는 T. S. 엘

루이스

리엇이 이 집을 방문했었다. 새로 쓴 작품을 낭독했는데 엘리엇을 노벨문학상 수상자로 만들어줄 장시 〈황무지〉였다. 그 즈음 버지니아는 〈댈러웨이 부인〉을 구상했다고 하는데, 실제 소설의 시점을 '1923년 6월의 어느 하루'로 삼았던 걸로 미루어보면 그럴 수도 있겠다 싶다.

워낙 시골이니만큼 런던에서 로드멜로 가는 길은 교통편이 원활하지 않았다. 찾아가는 길이 쉽지 않았지만 화창한 날씨였다. 기차로 한참을 달려 루이스에 도착, 로드멜은 거기서 다시 버스를 타고 들어가게 되어 있었다. 기차역에서 버스정류장을 찾는 게 또 쉽지 않았다. 지나가던 어느 노인이 터미널까지 동행해 주었다. 루이스 버스정류장은 시내 중심가에서 얼마 떨어지지 않은 곳이었다. 루이스는 로드멜로 보자면 읍내 같은 도시가 되는 것 같다. 루이스의 시외버스정류장에서는 사방의 시골로 연결되는 버스들이 출발하고 있는데 로드멜을 가자면 일단 여기를 지나게 되어 있다. 그러고 보니 버지니아도 그냥 우연찮게 로드멜에 집을 얻었을 건 아니었다.

로드멜로 가는 버스를 확인하고 환승 시간까지 잠시 시내를 둘러봤다. 버지니아가 처음 집을 샀던 곳, 루이스는 휴양지로 작지만 무척예쁜 동네였다. 이 예쁜 도시를 마다하고 왜 굳이 로드멜의 이 집을 샀을까? 도시의 번잡함을 피해서라는 식의. 뭐 일반적으로 추정해볼 수있는 이유인 걸로 해두자.

큰 길에서 버스를 내렸다. 갔던 길을 조금 되돌아온 곳에 동네로 들어가는 마을 안길이 나 있고 모퉁이에 작은 안내표지판 겸 광고판 같은 게 여럿 어지럽게 얽혀 있는데, 몽크스하우스 팻말도 한자리 잡고 있었다. 동네로 들어섰다. 한적하다 못해 적막할 지경이다.

로드멜, 마을 안길

버지니아를 찾아 나섰다. 큰길에서 버스를 내렸다. 갔던 길을 조금 되돌아온 길목에 작은 길이 나 있고 모퉁이에 작은 안내표지판 겸 광고판 같은 게 여럿 어지럽게 얽혀 있는데, 몽크스하우스 팻말도 한자리 잡고 있었다.

그들의 삶이 남겨놓은 흔적, 몽크스하우스의 정원을 보면 분명 그들의 삶은 아름다웠다. 버지니아가 그랬던 "행복했던 두 사람"은 내게 "아름다운 삶을 남긴 두 사람"이 되어 다가왔다. 한참을 거닐다가 은연중에 든 생각은, 몽크스하우스야말로 "세상에서 가장 아름다운 정원"이란 것이었다.

↑ 로드멜 마을 들목 ↓ 몽크스하우스 정원

나는 이 여행을 일종의 정원 투어 같은 걸로 하고 이런저런 정원들을 찾아다니는 걸 목표로 삼았다. "작가정원"이란 주제에 맞는 실체를 만난 적도 없고 그 개념에 대해 확신을 갖지도 못한 상태였다. 정원을 찾아간다는 데 명분을 두긴 했지만 어쩌면 그걸 핑계로 차 없고 인적 없는 한적한 곳으로 숨어들고 싶은 마음이었을지도 모른다. 그래서 여기 로드멜의 마을길은 그런 나의 소원처럼 지나다니는 사람 없이 조용해서 좋았다. 온 동네가 꽃밭 천지였다. 시골집 담벼락에도 담 너머 뜰에도 이름 모를 풀과 꽃이 만발하여 들붙어 있고, 집집으로 들어서는 입구에도 정갈하게 가꾼 잔디밭과 꽃밭 그리고 듬직한 고목이 즐비했다. 너무 많은 장난감에 어리둥절 정신을 못 차리는 어린아이처럼 로드멜의 예쁜 동네 모습에 취해 앞뒤 좌우를 들여다보느라 한참을 시들고 있었다. 혹 어디든 조금 오래된 느낌이 드는 정원이 보이기라도 하면 저게 몽크스하우스인가 하며 들여다보고, 그러면서 아주 더딘 걸음을 하고 있었다.

버지니아의 몽크스하우스 정원이 어떤 곳인지 전혀 아는 바가 없었다. 그냥 보통 영국 사람들이 가꾸고 있었을 개인 주택에 딸린 꽃밭 정도 되겠지, 저런 집들처럼 동네 어디엔가 자리하고 있겠구나, 그러고 있었다. 명원으로 꼽히는 유명한 정원들은 뭔가 남에게 보여주려는 의도가 강하여 와그르르하거나 첫눈에 감탄사를 내뿜게 하는 화려함을 갖추기 마련이다. 그렇지만 최소한 로드멜의 마을과 집집마다의 정원으로 미루어보자면 몽크스하우스의 버지니아 정원은 꽃과 나무를 좋아하는 보통의 평범한 사람들이 집 안팎에 정성스럽게 가꾸어놓은 예쁜 집, 옛날 가옥의 뜰에 만들어진 아름다운 꽃밭과 잔디밭이 있는 어디

로드멜

서나 쉬 만날 수 있는 그런 평범한 집일 게 분명했다. 오는 데 힘은 들었지만 오기 잘했다.

　몽크스하우스는 동네 맨 끝에 있었다. 동네가 끝나는 곳의 맨 끝 집이 아니었으면 모르고 그냥 지나쳐버렸을 거다. 도무지 박물관이란 느낌이 들지 않는다. 밖에서 보자면 이 집에 정원이 도대체 있기나 할까 싶은데, 그냥 '평범한 외관'의 건물에 차고였을 곳을 개조한 사무실에서 입장권을 팔고 있었다. 간단히 매장도 마련되어 있는데, 주로 버지니아에 대한 평전과 작품들이 진열되어 있고 그 외에 아마도 버지니아와 관련된 무슨 출판물 같은 게 소박하지만 알차게 진열되어 있고 판

매도 하고 있었다.

길에 바짝 붙어 있어서 바깥에서는 이 집의 뜰이든 정원이든 얼마나 많은 꽃이며 나무가 채워져 있는지 전혀 감을 잡을 수가 없다. 어쩌면 이 집에는 정원다운 정원이 아예 없을지도 모르겠다.

쪽문 안쪽

사무실 옆의 쪽문처럼 생긴 곳이 몽크스하우스 입구였다. 집 안으로 들어가는 문이랄 것도 없이 그냥 쪽문 안으로 팔을 내밀어 안쪽에 매달려 있는 문고리를 열고 들어가게 되어 있었다.

30년 전, 나는 독일의 작은 도시 게르덴에 1년을 살았다. 아름다운 기억이 담겨 있는 시간, 그 1년간을 살았던 집이 꼭 그랬다. 쪽문 안쪽에 달린 고리를 열고 들어서면 똑바로 현관이 있고, 현관을 지나쳐서 왼쪽으로 돌아서면 이웃 헨델 씨네 산울타리와 우리 집 하얀 페인트로 된 벽 사이 좁다란 길목에 집으로 들어서는 현관이 있었다. 문을 열고 집 안으로 들어서면 아래 위가 오픈된 2층 구조의 원룸 같은 실내가 나오고 온통 유리로 된 전면의 넓은 창으로 바깥의 정원이 훤히 비쳐드는 아담하고 아름다운 방이었다.

독일은 원체 해가 거의 없는 나라이기도 하지만 쪽문에서 돌아서서 들어서는 그 구간은 언제나 축축했다. 이끼도 있고 바닥은 항상 습기를 머금고 있었다. 응달지지만 음침하지는 않았고 적당히 가라앉게 하는 차분한 분위기, 좁은 길목 끝으로는 이 댁의 정원 한 쪽이 화사하

몽크스하우스의 쪽문 같은 대문, 문을 열고 들어간 곳의 작은 뜰

게 시야에 들고 있었다.

　몽크스하우스, 쪽문을 열고 들어선 곳에는 작은 창이 두어 개 나 있는 벽면 한쪽에 작고 그늘진 뜰이 있고 물을 담아놓은 수조며 화분들이 놓여 있었다. 창가에 장식해놓은 작은 화분과 창틀로 솟아오르려 애쓰는 줄 장미가 만발한 작은 뜰, 일 년 대부분을 습하고 그늘진 응달을 이루고 있었을 거지만 반짝 밝은 햇살을 받아 상쾌한 응달 분위기가 물씬 풍긴다. 일 년 대부분 축축하게 젖어 있을 창턱을 연상해보고 창턱

독일 게르덴

에도 창틀에도 파란 이끼가 자라고 있었을 봄 가을 겨울의 세 계절의 광경을 연상하며 그런 것들을 사진에 담았다.

버지니아와 레너드

59세의 버지니아는 강물에 몸을 던져 생을 마감했다. 언니 바네사와 남편 레너드에게 한 통씩 편지를 남겼다. "사랑하는 당신, …. "이렇게 시작되는 레너드에게 남긴 편지는 길지 않고, 간명하게 두 가지 사실을 이야기한다. 이번에는 자신이 회복하지 못할 거라는 것 그리고 당신이 있어서 행복했다는 것.

> 이 끔찍한 병이 생길 때까지는 우리만큼 행복한 두 사람은 다시 없었을 거예요. 나는 더 이상 견뎌낼 수가 없어요. 이제 글도 제대로 안 되고 읽지도 못해요. 내 생의 모든 행복은 모두 당신이 준 것이었다는 말을 하고 싶어요…. 나를 구할 수 있는 사람이 있다면 그건 당신이지만, 하지만 난 더 이상 당신의 생을 망칠 수 없어요. (버지니아 울프, 192)

버지니아의 편지 말미에는 "우리만큼 행복했던 두 사람은 다시 없을 거"라는 말이 더해져 있었다. 행복했는데 무엇이 그녀로 하여금 굳이 생을 마감하게 했나? 행복했다는 게 정말 행복했다는 것이었을까? 행복, 그들의 삶을 행복이라 해야 할까? 울프 부부는 진정 행복했을까

몽크스하우스 정원. 전형적인 영국 코티지가든 스타일

몽크스하우스 정원

아니면 그 행복도 행복에 대한 버지니아 식의 사유방식이었을까? 몽크스하우스의 집 안과 정원을 거닐며 줄곧 그런 생각에 잠겨 있었다. 벤치에 앉아도 보고 항아리에 담긴 꽃도 보고 그리고 정원을 거니는 방문객들을 스냅으로 스케치하면서 그런 생각에 잠겨 있었다.

정원 감상법? 개인적으로 나는 정원에 관한 한 어떤 개념이나 형식을 갖다 붙이기를 좋아하지 않는다. 정원을 감상하는 데 필요한 노하우도 강조할 건 아니라고 생각한다. 그런데 몽크스하우스에서는 예외로, 조금 그래야 할 것 같다. 미리 알고 있어야 할 최소한의 무엇이 좀 필요할 것 같다.

건축가에게 건축을 의뢰한 사람을 건축주라고 하는데, 정원을 만들 당사자로서 집의 주인을 일컬을 때는 정원을 만드는 사람이란 뜻으로 '작정자'라고 한다. 그리고 정원을 조성하는 작정자의 뜻을 '작정의도'라고 한다. 정원에 아름다운 꽃이 있는데, 백 송이냐 천 송이냐 하는 그런 양으로 따져 등수를 매기는 것도 아니고, 정원이 얼마나 크고 화려하냐든지 커다란 연못과 들판이 있어 탁 트인 전망이 가슴을 먹먹하게 만드느냐 아니냐 하는 그런 걸로 점수 매기는 잣대로 삼을 것도 아니다. 정원의 아름다움은 정원을 만든 사람들, 그 집에 살며 정원을 가꾸어온 사람들의 이야기로부터 나오는 것인데 버지니아의 정원이 딱 그 경우일 것이다.

버지니아는 세계적으로 이름난 작가지만 그녀의 삶은 참 힘들었던 것 같다. 어린 시절부터 정신적으로 병약했다. 이미 여러 평전작가들이 그녀의 성장기, 가족사 그리고 타고난 성격, 여성으로서 받아야 했던 그 시절의 실정, 이런 걸로 버지니아의 행적을 앞뒤가 맞아떨어지게 잘 엮어놓았기에 버지니아의 일생과 그녀의 작품세계를 큰힘 들지 않게 접할 수 있다. 그러나 한 사람의 삶과 그 사람의 내면을 그렇게 외적인 사건만으로 정리할 수는 없다. 그것으로 그녀의 생을 정의할 수는 없다. 언제쯤 그녀의 발작이 나타났고, 또 어디에서 요양했는데 곧 이어 옛 시절의 기억이 다시 그녀를 자극해 결국 스스로 생을 마감시킬 수밖에 없었네, 이런 식으로 작가의 생애를 원인–결과 그리고 다가올 미래의 빈칸 채워넣기 식으로 이어가는 이야기는 별 흥미가 없다. 버지니아의 전기와 작품을 읽은 게 좀 있다 하더라도, 또 그래서 그녀의 삶이 어떠했고 레너드의 삶은 또 어떠했는지, 두 사람에 대해 알아볼 수 있는 정도는 된다 하더라도 그걸로 그녀를 알아낼 수는 없다. 주치의가 본 버지니아, 그거야 또한 환자의 병세에 대한 견해이지 그걸로 버지니아의 내면을 어떻게 알 수 있나.

버지니아 자신의 말처럼 인간의 내면은 수시로 변해서 포착하기가 어렵다. 주로 기억으로 엮여 있는 인간의 의식, 그래서 그런 신비로운 인간의 내면을 들여다보아야 할 게 아닌가. 레너드가 본 버지니아, 레너드가 남겨놓은 고백록 같은 게 아닌 한 그걸 우린들 어떻게 알 수 있나? 현재로서 알아낼 수 있는 가장 진솔한 버지니아의 내면에서 울려나오는 이야기는 마지막으로 남긴 그녀의 편지, "사랑하는 당신"에게 보내는 내면 깊이 담긴 이야기뿐이다.

이 세상에서 가장 행복했던 두 사람, 아니 한 생을 마감하며 돌아보니 이 세상에서 가장 행복했을 사람은 버지니아 자신, "나"였다. 그리고 그건 모두 레너드, "당신" 덕이었다. 그러나 이제 "내가 옭아매고 있던 그 굴레로부터 당신을 풀어드려야 할 것 같은" 그게 버지니아의

몽크스하우스, 버지니아의 서재 겸 침실

가장 진솔한 말의 한 꼭지였을 거다. 버지니아가 일러준 그 진솔한 한 마디에 의지해 레너드의 마음으로 몽크스하우스의 정원을 거닐며 버지니아에게 기울인 레너드의 지극 정성의 마음을 읽어보려 했다.

　　이 집과 이 집의 뜰에서 두 사람의 마음을 읽을 수 있을지 모르겠다. 그들의 삶이 남겨놓은 흔적, 몽크스하우스의 정원을 보면 분명 그들의 삶은 아름다웠다. 버지니아가 그랬던 "행복했던 두 사람"은 내게 "아름다운 삶을 남긴 두 사람"이 되어 다가왔다. 아름답지 않은 정원이 어디 있겠냐마는 그리고 제일, 차선, ,,, 이렇게 등수를 매겨야 할 것도 아니지만, 한참을 거닐다가 은연중에 든 생각은 몽크스하우스야 말로 세상에서 가장 아름다운 정원이란 것이었다.

　　1912년 1월, 레너드는 용기를 내어 버지니아에게 청혼을 했다. 청혼을 받고 돌아와 버지니아는 레너드에게 편지를 썼다. 자신의 성격상의 결함을 들어 완곡히, 거절도 아니고 승낙도 아닌 자신의 마음을 조금 내보였다.

당신은 성격상 결함이 있다지만 제 결함도 그에 못지않아요. 아마 더할 거예요. 하지만 문제는 그게 아니지요. (버지니아 울프, 77)

그리고 4월, 레너드는 버지니아에게 이렇게 고백한다.

나는 남들에게 쌀쌀하고 점잔을 빼는 것도 사실입니다. 쉽게 정을 느끼지 못하는 성미라서요. 하지만 사랑을 제쳐놓고라도 나는 어떤 사람 어떤 것에도 느껴보지 못했던 것만큼 당신을 좋아하고 있습니다. (버지니아 울프, 79)

레너드의 간곡한 청혼도 있었던 데다 여러 차례 만나는 동안 버지니아는 결혼에 대한 강박관념 같은 걸 조금 떨치고 결혼을 승낙했다. 3개월 뒤 결혼식을 올렸다. 스페인과 이탈리아 등지로 2개월간 신혼여행을 끝내고 런던으로 돌아왔다. 그리고 다음 달 제1차 세계대전이 끝났다.

11월 11일 종전, 20분 전 축포가 발사되고 평화가 선포되었다. …. 우리는 창밖을 내다보았다. 미장이가 하늘을 한번 쳐다보고 다시 뻥끼칠을 계속하는 모습이 보였다. 노인이 큼직한 빵덩이가 불쑥 나

몽크스하우스, 정원 바깥으로 펼쳐진 들판

온 주머니를 들고 비칠비칠 걸어가고 뒤로 그의 잡종 개가 바짝 따라
갔다. 아직까지는 종소리도 나지 않고 깃발도 안 보이는데 사이렌이
우는 소리와 간간이 대포소리가 울릴 뿐이다. (버지니아 울프, 98-99)

로드멜 부근에 다시 포성이 울렸다. 이번에는 평화의 소리가 아니
라 전쟁 신호였다. 제2차 세계대전이 발발했다. 간간이 독일군의 포격
과 공습이 있게 되면서 런던을 오가며 지나던 버지니아의 생활공간도
자연히 몽크스하우스에 한정되어 갔다. 그 즈음의 몇몇 정황들로 버지
니아가 생을 마감하던 즈음의 근황도 엿볼 수 있다.

비행기가 다가왔다. 우리는 나무 밑에 엎드렸다. …. 폭음이 집
창문을 뒤흔들었다. …. 마당을 건너가는 것도 위험하다고 레너드가

몽크스하우스, 오두막 앞의 나무그늘

말했다. …. 무덥다. 구르릉거리는 소리. 천둥소리인가 하고 내가 말
했더니, 링머나 찰스턴 쪽에서 나는 대포소리라고 레너드가 말했다.
(버지니아 울프, 188)

런던은 공습의 목표가 되었고 로드멜의 몽크스하우스도 결코 안
전치가 못했다. 1940년 9월 29일에는 포탄 하나가 집 근처에 떨어졌지
만 울프 부부의 생활은 외관상 평탄하고 평온했다. 여전히 버지니아는
작품을 쓰고 있었다. 1941년 2월 중순에는 친구가 방문했다 친구와 함
께 찢어진 커튼을 깁고 함께 담소했다. 일주일 전에는 이웃의 의사가
찾아왔다. 그리고 버지니아는 맑고 추운 날 3월 28일 생을 마감했다.
크고 작은 병세 증세는 평생을 가지고 왔던 버지니아의 친구였으
니 그 한두 달 혹은 일주일은 어쩌면 그런 여러 날과 같은 일상이었을

것이다. 생을 마감한 건 우발적인 증세 때문도 아니고 큰 쇼크로 해서 돌연 튀어나온 것도 아닌, 오히려 차분히 앞뒤를 판단한 결정이었던 것 같다.

버지니아는 이른 봄 햇살 속에 머리를 젖히면서 웃었다. 길게 숨 가쁘게 즐겁게 소리 내어 웃었다. 그 모습이 내 기억에 남아 있다. 그 래서 사람들이 그녀를 …. 암흑의 부름을 받은 비극적인 인물로 볼 때 나는 쇼크를 받지 않을 수 없다. (버지니아 울프, 190)

버지니아 울프, 몽크스하우스의 정원

나무 밑. 정원을 지나 넓은 들판으로 이어지는 마당 끝머리에 듬 직한 나무가 한 그루 넓은 그늘을 널어뜨리고 있었다. 나무 곁에는 작 은 오두막이 하나 서 있는데, 버지니아는 거기서 간간이 글을 쓰고 생 각에 잠기기도 했었다고 하고 또 거기서 레너드와 언니 바네사에게 남 긴 생의 마지막 편지를 썼다고도 한다.

커다란 나무 그늘이 드리워져서 시원했고 오두막 안에는 간략히 버지니아에 관한 자료가 전시되어 있었다. 손바닥만한 작은 창보다는 문을 통하여 바깥의 푸른 잔디와 멀리 정원이 바라보였다. 버지니아 관련 전시자료를 보는 것보다는 나를 감싸오는 이 작은 방의 느낌에 집 중해 봤다. 버지니아를 느껴보려 애를 써봤지만 버지니아의 환상이 보 인다거나 창밖의 정원이 아스라이 옛 향기를 뿜으며 나에게 다가온다

몽크스하우스 정면. 오른쪽 끝 아래층이 버지니아의 침실

거나 하는 그런 건 영화나 드라마에나 나오는 드라마틱한 일이지, 그게 아무 느낌도 오지 않았다.

정원을 거닐다가 다시 버지니아의 서재로 돌아왔다. 그리 넓지 않은 방 한쪽 벽에 붙어서 침대가 하나 놓여 있는 건 좀 전과 다름없는데, 머리맡과 맞은편 벽을 가득 채운 책꽂이의 책들이 유난히 눈에 들어왔다. 작가의 기념관들에서 이렇게 침실이자 서재인 방을 본 적이 없다. 침대에 누워 밖을 내다보면 어떨까 싶지만 해설사가 눈을 부릅뜨고 침대 곁에 딱 붙어 있는데 절대 용납될 수 없겠다. 아쉬운 대로 침대 언저리에서 가능한 대로 몸을 꾸부려 눈높이를 낮추어 본다. 창과 문 밖으로 마당의 정원이 들어온다. 침대에 누워, 혹은 벽에 등을 대고 침대에 앉아 때로는 몸을 움츠리며 고통스러워했겠고 때로는 글을 쓰기도 했겠지. 인식을 했건 아니건 창과 문 밖에는 정원의 꽃이 있는데?

아! 그렇지, 버지니아의 집에 온 거지. 버지니아는 일상 매일의 생활 속에서 병마와 싸우고 있었다. 신체적인 아픔도 정신적인 고통으로부터 왔고, 그래서 수시로 침대에서 보냈을 거다. 침실이면서 서재이기도 한 방, 그건 버지니아의 일상 삶의 공간이었다. 그러니 이 서재는 그냥 버지니아의 "방"이랄 수밖에.

몽크스하우스 정원을 거닐며, 버지니아의 방밖을 내다보며 과연 버지니아에게 이 정원은 어떤 것이었을까 되뇌어보았다. 버지니아는 정원을 가꾸거나 정원에서 일하는 것 같은 노동일을 전혀 좋아하지 않았던 것 같다. 버지니아의 수많은 작품에도 공원과 자연과 집과 동네 주변의 자연이나 거리의 풍광과 사람들의 이야기는 많지만 정작 정원에 대한 이야기는 잘 나오지 않는다. 몽크스하우스의 정원에 관해서도 별반 이야기한 게 보이지 않는다. 정원에 관심이 없기에 그런 이야기가 나오지 않은 것이었을까?

버지니아는 일상 매일의 생활 속에서 병마와 싸우고 있었다. 신체적인 아픔도 정신적인 고통으로부터 왔고, 그래서 수시로 침대에서 보냈을 것 같다. 침실이자 서재인 그 방, 그건 버지니아의 일상 삶의 공간이었다.

버지니아가 정원에 별 관심이 없었던 것이라면 그렇다면 몽크스

몽크스하우스 정원, 정원을 구경한다기보다는 정원 벤치에 앉아 책을 읽으며 따사로운 햇살을 즐기고 있었다.

몽크스하우스 정원

몽크스하우스, 레너드 묘비. 울타리 오른쪽 끝에는 버지니아의 묘비와 흉상이 있다.

하우스의 이 정원은 어떻게 설명되어야 할까? 이 정원과 집에서 버지니아는 어떤 생활을 했을까, 그리고 어떤 기분으로 지냈을까? 정원일은 레너드의 몫이었을 것이라고 돌려 생각해보면 어떻게 되나? 버지니아가 아니라 레너드의 마음속으로 들어가봐야 할지 모르겠다. 그래, 몽크스하우스의 정원 이야기를 하자면 레너드 울프의 마음으로 다가가야 할 것 같다. 레너드는 어떤 마음으로 이 정원을 가꾸었을까?

　　루이스에 갔다가 경매에 나온 어느 집을 알게 되어 찾아가본 곳이 로드멜의 몽크스하우스였다. 집은 낡았고 수도 사정도 좋지 않았으며 그래서 화장실도 여건이 좋지 않았다. 그런데 적당한 크기의 뜰이 딸려 있었고, 작은 과수원도 있고 바로 옆에 교회도 있다는 데 크게 관심이 간 나머지, 휴양도시인 루이스의 맑고 화창한 분위기의 좋은 동네, 그리고 분명 집 안 사정도 무척 좋았을지 모르는 그 집을 마다하고 이런 시골구석의 다 허물어져 가는 집을 사기로 결정했다. 대략 그런 정도의 추리는 가능할 것 같다.

몽크스하우스에 온 지 몇 해 되던 즈음, 버지니아는 이 무료한 시골 생활이 싫어서 런던으로 가자고 졸랐다. 처음부터 너무 조용하고 적막한 이런 시골이 맘에 들지 않았을지도 모른다. 레너드는 그러나 런던의 복잡한 환경, 많은 사람들과 접촉해야 하는 정황상 버지니아의 정신건강에 좋을 게 없다고 생각해 금방 결정을 내리지 못했지만 버지니아의 바람을 꺾지 못하고 결국 런던에 세를 얻어 지하의 방에 인쇄시설을 마련해두고 몽크스하우스와 런던을 오가는 생활을 시작했다. 그러고 보면 원래 몽크스하우스로 오기로 결심한 것도, 이 집을 사게 된 것도 버지니아를 위한 레너드의 배려였다. 동네 끝머리에 자리하여 사람들과 덜 부대껴도 되었고 뜰에 정원을 가꾸어 좋은 환경을 만들며 정원이 끝나는 바깥의 드넓은 초원과 자연을 벗할 수 있는 환경.

정원일은 생각보다 큰 노동이다. 보통은 전담 정원사를 고용하거나 아니면 최소한 정원사의 도움을 받는다. 혼자 모든 걸 다 해야 하나, 일부나마 직접 관여를 해야 하나, 혹은 거의 모두 정원사에게 일임하고 자신은 그저 즐기는 일에만 열중하나? 그 어느 경우든 정원은 그 집의 주인의 관심사와 취향에 따라 간다. 버지니아와 레너드는 런던에 인쇄소를 두고 거기서 거의 매달리며 일을 했고, 워낙 본업인 작가로서 작품 활동도 했으며 몽크스하우스를 가꾸고 거기서 또 살기도 했다. 그러자면 정원의 일을 위해서는 당연히 전담 정원사가 있어야 했

런던 소호 거리

을 것이다.

　정원일이 어떤지는 직접 정원을 가꾸어본 사람만이 안다. 참 드물게도 정원사 이야기를 다룬 소설을 접하게 되었다. 엠마 리치먼드의 소설 〈백만장자와 정원사〉는 매력적인 정원사 아가씨 소렐과 무뚝뚝한 주인 가드 간의 사업과 개인적인 일 사이를 오가며 전개되는 이야기다. 소설 자체는 별 특별난 건 아닌데, 간간이 정원과 정원사의 일을 보여주는 내용들이 나온다. 꽃을 피우고 새와 나비가 날아들며 향기로운 바람과 나무 그늘에 앉아 여유로운 시간을 가질 수 있는 시간은 오로지 정원을 가진 사람만이 누릴 수 있는 특권일지 모르나 실제 정원에는 어떤 우리의 손길을 기다리는지 실감하기가 쉽지 않다.

　소설을 빌려 정원사의 일이 어떤지 자세히 펼쳐본다. 〈백만장자와 정원사〉의 소렐은 성공한 사업가 가드가 새로 매입한 옛 수도원의 정원 일을 맡고 싶어 했고 그를 찾아가는 길이었다.

　　정원 어딘가에 있을 이 집 주인 가드를 찾으러 깊은 생각에 빠진 채 진흙투성이 비탈길을 터덜터덜 올라갔다. 키가 크고 마른 몸매에 헝클어진 머리가 줄기차게 내린 안개비에 젖어 볼썽사납게 되어버린 그녀는 숨을 돌리기 위해 걸음을 멈추었다. … 잡지에 소개된 기사 〈가드 셰브니, 블레이크보로 수도원의 새 주인〉에 실린 공중에서 촬영한 정원사진을 보면서 내 손으로 그 정원을 손질할 수 있었으면 하고 바랬다. …. 비는 말끔히 그쳐 파란 하늘도 볼 수 있었다. 저택 앞길에 트럭을 세워놓고 눈앞에 펼쳐진 정원을 바라보았다. 손질된 후의 모습을 마음속에 그려 보았다. 곡선을 그리는 잔디밭이 시냇

가로 내려오며, 언덕을 만들고 자갈로 뒤덮인 차도는 현관을 향해서 원을 만든다. 저택은 온통 손질하기 쉽게 관목울타리로 두르고, 겨울철에 보기 좋도록 상록수를 심고 시냇가엔 버드나무를 드리우고 건물 자체도 손을 보고 창문의 담쟁이덩굴도 정돈해 준다면 그야말로 아름다운 저택이 되겠다. 화려하지 않게 단순하고 깨끗한 선을 강조하기로 했다. 우선 그 전에 치우는 일을 먼저 해야 할 것 같다. 당장 내일부터 시작할 참이다. 트럭에서 짐을 내려놓은 뒤 저택 주위를 걸어 다니며 못 보고 지나친 구멍이나 장애물 같은 것들이 있는지 살펴보았다. 다행히 그런 건 없었다. 오래된 나무 중 하나는 베어낸 뒤 뿌리 채 뽑아야 할 것 같은데, 그러려면 잡역부 한 명 정도 도움이 필요할 것 같았다. 5시경, 그녀는 잔디를 다 깎고 내일은 평편하게 정돈할 수 있도록 만반의 준비를 갖추어놓았다. 그건 그렇게 시간이 오래 걸리지 않을 테니 곧 고목들을 처리하고 화단과 시냇물 손질하는 일을 시작할 수 있을 것이다. (백만장자와 정원사, 6, 19, 58, 60, 72)

정원 일에 관해서라면 헤르만 헤세의 〈정원일의 즐거움〉 같은 글을 떠올리고 어쩌면 그런 글로부터 정원 일의 아름답고 낭만적이며 보람 있는 일들을 떠올릴 수 있을지도 모른다. 그러나 정작 헤세는 어느 글에서 정원 일을 두고 "노예노동처럼 힘든 일, 어쩐지 공허한 쓸데없는 짓이란 느낌" 같은 현실적이며 지독히도 솔직한 이야기를 했다. 레너드 울프는 그런 거칠고 귀찮은 '농부의 일'을 묵묵히 해냈다.

그 상황에 약간의 상상을 더해주기로, 영화 〈The Hours〉(2002)가 있다. 세 꼭지로 이루어진 옴니버스 식으로 구성된 영화인데 첫 에피

소드가 버지니아 울프다. 장면은 거실, 버지니아는 언니와 레너드에게 각각 한 통씩 편지를 남기고 밖을 나선다. 막 침대에서 일어났거나, 아니면 그냥 그게 일상의 차림이었거나 아무튼 잠옷 가운 차림이다. 정원을 가로질러 쫓기듯 종종 걸음으로 어디론가 가고 있다. 강가에 이른다. 강물이 많이 불어 있고 물살도 많이 세다. 가운 주머니에 돌을 가득 채워넣고는 차가운 물속으로 들어간다. 턱 밑까지 물이 차오르는데 잠시 걸음을 멈추고 뭔가를 헤아리는 듯하다가 이내 결심하듯 물속으로 푹 빠져버린다. 그 즈음 레너드가 아무도 없는 집 안으로 들어온다. 무심코 벽난로 위에 올려진 편지를 집어든다. 봉투를 열고 편지를 읽는다. 1/3밖에 채우지 못한 둘째 장을 읽다가 이내 편지를 툭 거실 바닥에 떨어뜨리고는 황급히 밖으로 나간다. 문 밖으로 아담한 정원이 보인다.

버지니아의 연기에서 감독은 배우에게 모든 걸 일임했을 것 같다. 편지를 쓰는 떨리는 손, 클로즈업된 컷, 물속으로 들어가는 장면. 명연기는 대사 없이 흐르는 긴 영상을 소화하는 데에서 나온다고 그랬던가, 버지니아의 컷 사이에 삽입해 넣을 레너드에 대해서는 많이 고심했을 것 같다. 내가 이 장면에서 주목한 것은 레너드의 차림이었다. 외출했다가 들어온 차림도 아니고 외출 준비하는 것도 아니며, 그냥 집에서 보내는 일상의 차림이기에는 조금 후줄근했다. 밖에서 일하다가 잠시 집 안에 무슨 일이 있어서거나 아니면 점심때가 되어 요기를 하러 들어선 참일 것 같다.

이 장면에서 감독은 배우에게 '바깥 정원에서 일을 하다가 들어오는' 걸 주문한 게 분명하다. 영화에서 다룬 즈음이라면 아직 제2차 세계대전이 끝나지 않았고 로드멜 인근에도 종종 폭격과 포격이 일어나는 상황에서 울프 부부는 런던을 갈 건 엄두도 내지 못해 거의 몽크스하우스에서 떠나지 않고 있었을 것이다. 그래서도 감독은 집의 안과 밖에서 각자의 일에 열중하는 일상의 버지니아와 레너드를 설정해 보았을 것이다. 버지니아는 집 안에서 조용히 자신의 내면을 찾아드는 일상으로 레너드는 집 밖에서 정원 일을 하는 것으로, 나도 그런 레너드를 상정한 감독의 생각에 공감했다.

서재에서 나와 다시 정원을 좀 거닐어 보았다. 버지니아가 생의 마지막 편지를 남기고 집 가까운 곳의 강물에 뛰어드는 동안에도 레너드는 정원일을 하고 있었다. 병약한 아내 버지니아와 함께한 몽크스하우스의 일상에서 레너드의 심경은 어땠을까? 오로지 정원 일에 몰두하고 있었을까, 버지니아의 마음에 조금이라도 이 화려한 꽃밭의 향연이 들어앉기를 바랐을까? 이제 이 정원에서 버지니아가 중요한 게 아니라 레너드의 심경으로 느껴봐야 할 것 같다. 버지니아의 정원이라 하든 레너드의 정원이라 하든 혹은 묶어서 울프의 정원이라 하든 아무려나 몽크스하우스의 이 정원은 더없이 아름답게, 세상에서 가장 아름다운 정원이 되어 내 마음속으로 찾아들고 있었다.

II

몬타뇰라,
헤세 정원

카사 카무치와 정원일의 즐거움

몬타뇰라 헤세박물관

　　내가 일하는 서재는 작은 베란다로 통해 있는데, 거기서 내다
보면 루가노 호수뿐만 아니라 호안과 산, 마을이 보인다. 10여 개가
넘는 멀고 가까운 마을들이 산마메테(San Mamete)까지 이어져있다.
베란다에서 오래되고 마치 마법에 걸린 듯 고요한 정원을 내려다보
는 것은 내가 가장 좋아하는 일이 되었다. (오래된 나무를 슬퍼하며,
1927, 정원일의 즐거움, 68) (산마메테 San Mamete: 루가노 호반의 이탈
리아 도시)

몬타뇰라

헤세는 몬타뇰라의 카사카무치 2층의 방 몇 개를 세 얻었다. 몬타뇰라는 스위스의 최남단, 알프스를 완전히 넘어서서 이탈리아 국경이 코앞에 있는 루가노 인근의 작은 동네다. 스위스라고는 하지만 이탈리아어를 쓰는 이탈리아계의 주민들까지 해서 이탈리아나 다름없다. 제1차 세계대전을 겪는 동안 헤세는 독일을 떠나 스위스에서 긴 망명생활을 시작했다. 결혼을 하고 아기도 낳고 했지만 두 번의 이혼과 아이들과도 거의 별도의 생활을 해야 하는 등 개인적으로 몹시 어려웠다. 아무도 없는 곳으로 숨어버리려는 절박한 심경이었을 것이다.

> 그 당시는 전쟁이 끝난 무렵이었고, 나는 혼자였다. 이곳에 올 때 나는 도피자의 심정이었다. … 일하고 생각에 잠기면서 파괴된 세계를 내 내면으로부터 다시 일으켜 세우고 싶었다. 그러기 위해서 머물 곳이 필요했다. 그래서 나는 작은 집을 하나 구하러 다녔다. (오래된 나무를 슬퍼하며, 1927, 정원일의 즐거움, 70-72)

헤세는 알프스 이북의 스위스도 독일도 아닌 알프스 남쪽 거의 이탈리아나 다름없는, 외국이나 다름없는 곳으로 훌쩍 넘어와 버린 것이었다. 세상을 뜰 때까지 몬타뇰라에서 살았지만 원래부터 여기서 눌러 앉을 작정은 아니었다.

2-3주 동안 루가노 부근의 작은 마을 소렌고에 머물며 살 집을 알아보고 있었다. 옆 동네 몬타뇰라에서 카사카무치의 2층 방을 보고 그

즉시 여기로 옮겨오기로 했다. 1919년 봄, 7년 가까이 살았던 베른을 떠나 카사카무치로 옮겨왔다. 베른으로부터는 최소한의 짐만 옮겨왔다. 그리고 10여 년을 카사카무치에서 살았다. 1931년 세 번째 결혼을 하고 부인 니논과 함께 카사로사로 집을 옮겨 카사로사에서 30여 년을 살다가 거기서 사망했다. 헤세의 묘는 몬타뇰라에서 소렌고로 가는 중간 즈음의 성 아본디오 묘지에 있다.

헤세는 카사카무치의 서재에서 바로 통해 있는 작은 베란다가 무척 마음에 들었다. 발코니 아래로는 "(마법사 클링조어의) 마법에 걸린 듯 고요한" 정원이 있었고 정원 너머로 멀리 루가노 호수와 호수를 둘러싼 알프스 준봉의 원경이 파노라마로 펼쳐졌다. 헤세는 카사카무치의 발코니를 소설 〈클링조어의 마지막 여름〉에 나오는 클링조어의 발코니의 모델로 삼았고 이 발코니를 클링조어의 발코니로 부르곤 했다. 클링조어는 바그너 오페라의 마법사 클링조어에서 가져온 이름이다.

> 지난 12년간을 카사카무치에서 살았다. 이 집과 정원은 나의 소설 〈클링조어〉 속에, 그리고 다른 작품들에 나온다. (보덴 호수와 작별하며. 1931. 정원일의 즐거움. 61)

헤세는 카사카무치에서 지내면서 소설을 두어 개 정도 만지고 있었고 또 의사의 권유로 그림 그리기를 시작했다. 그러면서 극심한 스트레스로부터 벗어나 조금씩 안정을 찾아가고 있었다. 오스트리아의 국민작가 슈티프터(1805-1868)는 63세에 자살했다. 영국의 버지니아 울프(1882-1941)도, 상남자의 상징인 듯 보였던 미국의 헤밍웨이

(1899-1961)도 모두가 60세 전후 스스로 생을 마감했다. 극심한 신경쇠약, 우울증이 원인이었다. 유명한 작가치고 우울증, 극심한 신경쇠약 같은 스트레스에 시달리지 않은 사람들을 잘 보지 못했다. 헤르만 헤세(1877-1962), 그 역시 예외가 아니었다. 헤세는 몬타뇰라로 들어와 "클링조어의 마지막 여름"을 쓰면서 극심한 슬럼프에서 벗어났다고 그랬다. 뭐가 그리 힘든 일이 있었겠나 하겠지만, 사람들의 아픈 내심을 남들은 쉬 알아차릴 수가 없고 또 진실로 이해해주기가 쉽지 않다. 헤세의 절박한 심경을 다스릴 수 있었던 곳이 몬타뇰라였다. 그래, 그에게는 몬타뇰라가 있었다.

몬타뇰라의 헤세는 정원에서 일하는 모습, 야외 스케치용 간이의자에 앉아 그림을 그리는 모습, 호수와 산악 경관을 배경으로 멀리 먼 산을 바라보는 모습 등을 담은 근황사진을 여럿 남겼다. 중년 이후, 초로에 접어든 즈음의 몬타뇰라에서의 그런 모습을 보다보면 이 분이야말로 세상에 무슨 걱정이 있었겠나 싶다. 정원 일을 하고 간이의자에 앉아 야외 스케치도 하고 고양이와 즐겁게 노는 모습의 근황사진으로부터 인자하고 순수한 모습을 보이기는 하지만, 다른 한편으로는 인자하고 순수한 이면에 감추어진 원리 원칙주의, 반듯함, 절제, 뭐 그런 꼬장꼬장함도 보인다.

헤세는 스위스 바젤에 살 때 첫 부인을 만나 결혼했다. 그리고 보덴호를 사이에 두고 스위스와 마주하고 있는 독일의 시골동네 가이엔호펜으로 옮겨와 어느 빈농가에 세 들어 신혼살림을 꾸렸다. 가이엔호펜으로 옮겨오던 그 해에 〈페터 카멘친트〉(1904)를 발표해 이 작품으로 헤세는 작가로 이름을 내기 시작했다. 곧 아이들이 나고 식구가 늘어나

독일 가이엔호펜, 헤세가 첫 신혼살림을 차렸던 농가와 마을교회

면서 가이엔호펜의 외곽 한적한 곳에 터를 마련해 작은 집도 짓고 정원
도 가꾸었다. 거기 살던 짧은 시간 동안이 헤세의 젊은 시절에서 평온
하고 정착된 유일한 시절이었을 것이다. 물론 그리 길지 않은 시간이었
지만 가족과 더불어 집도 꾸미고 정원도 가꾸며 안정된 생활을 하고자
하는 마음과 헤세 특유의 방랑벽 사이를 오갔다. 오랜 시간 동안 여러
곳을 다니던 방랑생활 끝에 그 모두가 헛것임을 인식했다. 부인은 극심
한 우울증으로 요양원에 가야 했고 헤세 자신도 세상을 등질 마음을 갖
는다. 가이엔호펜 생활을 접기로 결심하고 친구가 제공해준 베른의 집
으로 옮긴다. 베른에서의 생활도 만만치 않았다. 그 즈음 헤세의 결혼

가이엔호펜, 헤세가 살았던 집.

가이엔호펜, 조금 넓은 집을 사서 이사해 정원도 가꾸고 했던 집

생활은 사실상 포기한 상황이었다. 몬타뇰라로 들어오기까지의 헤세, 그리고 "파괴된 세계와 내면을 일으켜 세우기로 맘먹고" 머물 곳으로 몬타뇰라를 찾아낼 즈음의 헤세는 그랬다.

헤세의 대표작 〈데미안〉, 〈수레바퀴 아래서〉 이런 것도 중요하겠지만 헤세의 젊은 시절을 들여다보는 데는 〈페터 카멘친트〉(〈향수〉란 제목으로 번역되기도 했다)만한 게 있으랴 싶다. 이 소설에는 가슴 깊은 곳에 담겨 있던 젊은 시절 헤세의 이야기가 모두 담겨 있다. 헤세가 스위스에 정착하여 바젤에 살던 동안, 몇 차례 다녀온 이탈리아 여행, 결혼 전까지의 자전적 이야기, 자연에 대한 진솔한 감정과 태도가 잘 나온다.

전쟁이 일어났다. 나의 불안과 우울증의 원인을 찾으려고 애쓸 필요도 없이 그 원인들은 분명했다. … 이 지옥 같은 시대를 헤치며 살아 나가는 것이 이기적인 우울함이나 환멸에 대한 훌륭한 치료가 되리라는 것을 알게 되었다. 그리고 전쟁이 끝났을 때는 내 인생에도 갖가지 전환이 오고 변화가 일어났다. 내게는 집도 정원도 없었으며 가족과도 헤어져야 했다. 그 후 수년 동안 여러 해에 걸친 망명 기간 동안을 지나면서 고독과 깊은 사색의 시간을 겪어야 했다. … (정원일의 즐거움, 85)(제1차 세계대전, 1914~1918)

몬타뇰라의 헤세 정원
- 카사카무치

헤세의 〈정원일의 즐거움〉 같은 글을 읽은 많은 독자들이 거의 모두 그렇게 여겼을 것처럼, 몬타뇰라의 헤세 정원을 만나기 전까지 나는 헤세의 정원을 나름대로 상상하며 그려보곤 했다. 다른 누군가의 정원들처럼 마당에 나무도 심고 꽃을 가꾸면서 작은 이상적 자연을 펼쳐놓았을 모습을 상상했다. 헤세의 정원을 만나러 몬타뇰라를 찾아가던 처음 여행길은 꽤나 설레었다. 헤세의 정원은 어떻게 생겼을까? 아직 잘 알지 못했던 헤세의 마음 깊숙한 곳을 좀 더 알아가 볼 수 있지 않을까.

카사카무치는 공사 중이었다. 공사현장에서는 일하는 인부들로 북적이고 작업하는 소음에 몹시 어수선했다. 그런 상황에서 관람이랍

시고 불쑥 들어가 카메라를 들이대고 촬영하고 구경하고 그럴 수는 없었다. 몬타뇰라를 떠나야 하는 하루 전, 어떻든 그냥 돌아갈 수는 없었고 그냥 멀리서 한두 컷이라도 기록해놓으려던 셈으로 염치불구하고 들이밀고 들어갔다. 일하던 인부들이 이탈리아 말로 뭐라고 그러는데, 어차피 알아듣지도 못하는 참에 그냥 웃어주는 걸로 대신했다. 한번 발을 디디고 나니 맘이 달라졌다. 볼 때까지 좀 봐야겠다는 계산이 서 버렸다. 한 시간은 족히 돌아보았을 것 같다.

헤세의 정원은 어떻게 생겼을까? 몬타뇰라의 카사카무치를 찾아 가는 길 내내 헤세의 정원이 어떨지 상상해봤다. 그런데 그곳은 상상 했던 그런 모습이 아니었다. 많이 가파른 경사지에 생각보다 많이 빽 빽하게 우거진 숲 같은 나무, 그리고 이리저리 엮여 있는 경사로와 계 단, 그 땅은 아마추어 정원 마니아를 위한 곳으로는 결코 만만하지 않 은 조건이었다. 정원은 돌담을 경계로 해서 여러 단의 테라스로 이루 어졌는데, 헤세가 〈정원 일의 즐거움〉에서 묘사한 카사카무치의 정원 은 이랬다.

남국에서 자라는 갖가지 나무들이 오래되고 당당한 멋진 견본 품처럼 서로 뒤엉켜 있고 등나무와 덩굴들이 여기저기에 무성하다. 마을 쪽에서 바라보면 이 집은 완전히 나무에 가려서 보이지 않는다. 하지만 아래 골짜기에서 바라보면, 고요한 숲의 가장자리 너머로 계 단과 작은 탑을 갖춘 채 솟아 있는 모습이 마치 아이헨도르프(1788- 1857)의 단편소설에 나오는 시골의 성과 같다. (보덴 호수와 작별하며. 1931, 정원일의 즐거움, 62)

카사카무치

  좁고 가파른 내리막으로 되어 있는 정원 테라스에는 멋지고 키
가 큰 종려나무들과 아름답고 풍성한 동백나무들이 자라고, 석남꽃
과 목련꽃이 피어 있다. 또 주목, 잎이 빨간 너도 밤나무, 인도산 수
양버들, 키가 큰 상록수 여름목련도 자라고 있다. 내 방에서 바라본
풍경들, 이 정원 테라스와 덤불 그리고 나무들은 내가 앉아 있는 방
과 그 안에 있는 물건들보다 더 가깝게 내 삶 속에 들어앉아 있다.
(오래된 나무를 슬퍼하며, 1927, 정원일의 즐거움, 69)

카사카무치의 정원. 가파른 경사지에 여러 층의 노단으로 이루어져 있고 숲을 이루다시피 많은 수목이 우거져 있다.

집의 현관부터 시작된 계단과 테라스 노단들은 마치 야외극장처럼 골짜기 아래까지 이어져 있다. (보덴 호수와 작품세계, 1931, 정원 일의 즐거움, 62)

경사지의 경사면을 따라 테라스로 정지된 여러 노단으로 이루어진 정원은 전형적인 이탈리아의 빌라 정원의 특징이다. 이탈리아와 접경지역의 몬타뇰라, 그리고 헤세가 묘사한 카사카무치의 정원의 글을 읽고 보면 헤세의 몬타뇰라의 정원은 눈에 그려볼 수 있을 만큼 또렷해진다. 거기에 정원에서 일하는 헤세의 근황사진을 더해놓고 보면 더욱 그렇다.

작정하고 들어가본 카사카무치. 카사카무치의 정원은 헤세의 글에 묘사되어 있는 것과 아주 흡사했다. 그런데 그걸 직접 만나고 보니 생각보다 많이 가파른 경사지에 생각보다 많은 나무가 빽빽하게 우거져 숲을 이루고 있다. 숲 사이로 이리저리 엮여 있는 경사로와 계단, 그 땅은 아마추어 정원 마니아로서는 감당해낼 수 없는 곳이었다. 근 100년의 세월이 지나는 동안 무성해진 숲 같은 걸 감안하더라도 여기에는 헤세의 근황사진이 보여주는 것처럼 정원 일을 하고 있는 헤세가 들어올 틈이 없다. 텃밭을 가꿀 터도 없거니와 전문가의 철저한 관리가 필요한 곳이었다. 더욱이 거기는 헤세 소유의 집이 아니라 세든 집이 아니었던가.

정원은 이래야 된다는 식으로, 정원에 반드시 무슨 개념이 있고 그에 맞는 객관화된 객체가 있어야 하는 건 아니다. 또한 감상자 입장에서 지켜야 할 약속이나 규칙이 있는 것도 아니다. 다만 정원은 그게 어떤 형식의 어떤 규모의 정원이든 정원을 만든 사람, 정원의 주인의 심중에 그 정원을 만든 의도―그걸 작정자의 의도 혹은 작정의도라고 부르는데―낯선 정원과 마주할 때면 반드시 그걸 유념할 필요가 있다.

작정의도란 관점에서 보자면 카사카무치의 정원은 더욱 헤세의 정원이라 할 게 아니었다. 헤세가 거닐고 내려다보고 그리고 매일의 일상에서 만나온 그 집의 일부였다. 헤세는 그 정원을 마주하며 감상한 헤세의 일상의 생각과 함께 할 수는 있었겠지만, 헤세가 직접 계획하고 가꾼 곳이 아니었으니 작정의도와는 아무 관계가 없다. 정원으로부터 헤세의 깊은 내면을 들여다보자면 카사카무치의 정원은 적합하지 않다. 짙은 숲을 이루어 햇살조차 들지 않는 빽빽한 수림의 정원 테라스와 계단을 오르내리는데, 머리가 무척 복잡해졌다.

- 카사로사

1931년 세 번째 결혼을 앞둔 즈음 헤세는 친구로부터 영구 임대한 언덕 위에 집을 짓고 카사로사라고 불렀다. 드물게는 카사헤세라 불리기도 한다. 거기로 이사하여 30년 이상을 살았다. 급한 사면이긴 했지만 정원을 만들거나 포도를 비롯한 작은 과수원도 마련할 만한 땅도 있었다.

카사카무치에서 헤세가 할 수 있는 일은 상당히 제한적일 수밖에 없었을 것이다. 세든 사람 입장으로서 마음대로 정원을 가꾸기도, 심고 옮기고 가지치고 하는 그럴 수도 없었을 거다. 카사카무치에서 입장과는 다르게 카사로사에서 자신의 땅과 집을 갖추었고 필요하다면 어떤 작정의도를 가지고 제대로 정원을 만들 여건도 갖추고 있었다. 그렇지만 헤세는 카사로사에서도 정원을 가꾸고 꽃밭을 돌보고 그런 일을 한 게 아니었다. 그런 헤세가 어떻게 정원에 관한 자신의 이야기를 그렇게 담담히 적어낼 수 있었을까? 카사로사에서 헤세의 일상은 이랬다.

몬타뇰라, 카사로사

　요 근래 나는 오전 중에 우편물을 확인하고는 바로 정원에 나
가 있다. 말이 정원이지 사실은 경사가 심하고 야생화 되어가고 있는
목초지인데, 몇 군데 포도나무들이 심어져 있다. 2년 전만 해도 아
직 목초지였던 그곳은 지금은 풀이 듬성듬성해져 빈터가 생겼다. 여
기저기에는 벌써 딸기나무나 히스 같은 식물도 무성하고 그 사이 부
드러운 털 같은 이끼가 번성해 있다. 목초지를 지키려면 이곳에 나
는 이끼와 주변의 야생식물을 모두 양들이 뜯어먹게 하고 땅도 양들
이 밟아 다단해지도록 놔둬야 한다. 나는 양을 한 마리도 키우지 않

는다. 그러니 야생식물들의 뿌리가 해마다 땅 속 깊이 파고들어 결국 목초지가 다시 숲으로 변하고 있는 것이다. (자연의 복원 1945, 정원일의 즐거움, 178)

- 정원의 기억

헤세의 소설 한두 권 읽은 것으로 헤세를 제대로 알고 있다고 할 수는 없지만, 그래도 그런 게 그의 작품에 인도적 명상이나 불교적 사상이 엿보인다고 해서 그의 관념을 불교적이라고 한다거나 더욱이 헤세가 불교에 심취했다고 단정해도 괜찮을까 싶기도 했다. 나는 워낙 문학을 전공할 만큼 문재(文才)가 있는 것도 아니었고 헤세를 몹시 좋아했던 것도 아니어서 그에게 바짝 다가가야 할 이유도 없었다. 그러던 내가 헤세를 향해 다가갈 명분이 생긴 건 유명 작가들이 관계된 정원, '작가의 정원'이란 이름을 매겨놓은 정원 사례들을 떠올리고 있던 최근이었다. 어느 정도 각오는 하고 있었지만 예상한 이상으로 유럽에서 작가의 정원을 만나기가 쉽지 않았다. 특히 우리에게 널리 알려진 작가로 범위를 좁히고 보면 그나마 몇 사람 되지도 않는다. 그러던 중 헤세의 정원과 헤세의 정원관이 녹아든 여러 수필과 소설에 주목하게 되었던 것이다.

실은 그 전부터 내 방 책꽂이에는 헤세의 것이 적잖이 꽂혀 있었다. 모두 내가 사모은 것만은 아니었지만 책꽂이에 헤세의 소설, 수필집, 산문집 이런 것들이 여럿 꽂혀 있었던 걸 보면 어떻게든 나는 그

주변을 맴돌고 있었던 것이다. 한쪽 구석에 박혀 중원으로 진출하지 못하고 먼지만 먹고 있던 헤세의 글 〈정원일의 즐거움〉, 〈정원에서 보낸 시간〉, 〈테신〉, 〈페터 카멘친트〉 그리고 〈클링조어의 마지막 여름〉 …. 그런 것들이었다. 이 방 저 방의 책꽂이에 무 컨셉으로 흩어져 있던 것들을 한 자리에 모으게 되었다.

카사카무치에서 헤세는 정원과 마주하여 자신의 내면을 들여다보는 시간을 가졌다. 정원의 나무에 관심을 주기도 했지만, 창가에 나와 멀리 루가노 호수와 동네의 경관과 마주하는 시간은 그 이상으로 중요한 일이었다. 〈정원 일의 즐거움〉의 대부분이 경관과 마주하는 그런 이야기들이다.

그 책에 실린 에세이의 2/3가 카사카무치에서 살던 1931년 이전이거나, 혹 이후의 글이라 해도 많은 부분 옛날 1931년 이전의 이야기를 끄집어낸 것이고 보면 〈정원일의 즐거움〉의 글은 모두 카사카무치 시절의 이야기다. 원제목 "Freude am Garten"은 에세이 내용으로 보더라도 "정원에서의 즐거움"에 가깝다. 헤세에게 즐거움을 준 정원의 실체를 생각해보게 된다. 그리고 헤세의 정원을 두고 굳이 작정의도며 하는 그런 거추장스럽게 덧씌운 옷을 벗어던지기로 했다. 헤세에게 정원은 어떤 것이었을까. 다시 읽어본 헤세의 글들은 전에 없이 새롭게 다가왔다.

십 분 후면 우편배달부가 들이닥칠 텐데, 그 전에 집을 나선다. (수채화 그리기, 1927, 테신, 137)

그녀(아내)는 오늘 집 밖으로 외출했다. 골짜기 너머 시내로, 루

가노로 나갔다. (정원에서 보낸 시간, 1935, 정원일의 즐거움, 155)

오전 중에 우편물을 확인하고는 바로 정원에 나갔다. (자연의 복원, 1945, 정원일의 즐거움, 178)

카사로사로 옮긴 얼마 후 헤세는 〈정원에서 보낸 시간〉(1935, Stunden im Garten)이란 제목의 장시를 하나 발표한다. 정원에서 보낸 시간동안의 감상과 마음과, 그 무엇보다 뜰에서 일을 하며 보낸 일상의 이야기를 에세이처럼 풀어낸 내용이다. 카사로사 시절의 헤세는 왜 그리도 끊임없이 밭에 나가 일을 하고 시간을 보내고 그랬을까? 워낙 헤세는 정원돌보기를 좋아했고 나무와 풀과 꽃을 좋아했으니까 그랬다는 식의 이야기로는 충분하지 않다. 으레 누구에게나 해주어도 좋을 판에 박힌 논리는 많이 식상하다.

헤세의 근황을 이야기해주는 글과 사진, 자세히 들여다보면 정원일에 관한 글은 거의 1930년 이전의 카사카무치에서 살던 때의 이야기이고 사진은 모두 카사로사에 살던 시절의 일상 근황이다. 특히 사진과 관련하여 뭔가 특별난 점이 있어 보인다. 누군가가 헤세 옆을 지키면서 간간이 스냅으로 찍은 걸 수도 있겠지만 사진 솜씨가 수준급인 것으로 보아 누군가 전문가에 의해 마음먹고 날 잡아 촬영된 것도 같다. 헤세는 평소 우편배달부와도 마주치기 싫을 정도로 다른 사람과의 접촉을 피했는데 하물며 사진사로 하여금 기꺼이 자신의 모든 걸 드러내 보이면서 근황을 기록하게 했을 리가 없다. 만약 아주 가까운 친구거나 혹은 전혀 거부감을 가질 필요가 없는 이를테면 아내랄까 아니면 아들이랄까 그런 누군가가 사진전문가라면 그 모든 문제는 단번에 풀릴

헤세, 카사로사 정원에서 보낸 시간
정원에서 보낸 시간 대부분은 낙엽
을 태우는 일이었다. 카사로사.

수 있다.

해세의 막내아들 마르틴은 건축가이자 사진작가였다. 실제로 해세의 근황을 기록한 사진은 거의 모두 마르틴이 촬영한 것이었다. (마르틴 해세는 1911년 가이엔호펜에서 태어나 고등학교를 졸업한 후 3년간 건축 도제 수업을 받고 건축가 발터 그로피우스의 데사우 바우하우스에 입학했다. 그리고 프리랜서 사진작가, 도예가로 활동했다. 1966년 스스로 목숨을 끊었다.) 먼 산을 바라보고 있거나 스케치를 하고 있는 사진도 보이지만 대부분은 정원에서 일하는 해세의 근황이다. 사진으로 나타난 정원에서의 해세는 나뭇가지와 낙엽을 끌어 모으고 태우는 모습이거나 토마토 넝쿨을 지지대에 끈으로 묶어주는 데 몰두해 있는 모습들이다.

해세가 정원에 나가 물주고 땅에 떨어진 가지를 모아 낙엽과 함께 태우거나, 끈으로 덩굴을 묶어 고정시켜주는 그런 단순한 일에 몰두한 데에는, 해세가 자연을 좋아했다는 사실의 언급만으로는 많이 부족한 분명 남다른 사정이 있을 것이다.

정원에 나가 물주고 가지치고 낙엽 태우고 덩굴을 끈으로 묶어 고정시켜주고 그렇게 열심히 정원을 돌보는 사람치고 정원을 좋아하지 않은 사람이 있겠나. 그런데 해세의 경우로만 보자면, 끊임없이 글을 구상하고 글을 쓰고 세상 돌아가는 일에 몰두한 정신세계의 큰 몫을 담당했던 분인데, 틈틈이 아니라 거의 모든 시간을 밭에서 투자한 것처럼 보이는 그 실상이 무엇일까를 충분히 풀어주어야 한다. 그래서도 해세는 자연을 좋아했다는 사실의 언급만으로는 충분하지 않은 것이다. 더욱이 이미 오래 전 해세는 "노동의 힘든 노릇, 즐거움이 사라짐, 공허하고 쓸데없는 짓"처럼 정원 일에 대한 생각을 누차 밝히고 있었다.

그(정원 일을 하는)건 멋지고 배울 점이 많았지만, 결국 마치 노예노동처럼 힘든 일이 되고 말았다. 농부가 된다는 것은 재미로 할때는 멋있는 일이었다. 하지만 습관이 되고 일이 점점 많아지더니 급기야 의무가 되어버리자 즐거움은 사라져버렸다. (보덴 호숫가에서, 1931, 정원일의 즐거움, 31)

그녀(정원사의 아내 나탈리나)가 세상을 뜬 후에 나는 처음으로 나의 정원이, 그리고 내가 유희처럼 즐기던 정원일이 어쩐지 공허하고 쓸데없는 짓이라는 느낌을 가졌다. (자연의 복원, 1945, 정원일의 즐거움, 183)

그간 별로 눈여겨보지 못하고 넘어갔던 부분들이었지만, 헤세는 친구들에게 보내는 편지 곳곳에서 "참을 수 없는 고통", "밤새 잠을 못이룬 아픔" 이런 걸 호소하곤 했다. 아주 노년의 나이도 아니었던 젊은 시절부터 그랬다. 그냥 그러려니, 글을 쓰다보면 으레 나오는 탄식류의 말이려니 할 수도 있었지만 1916년, 1932년, 1942년 그리고 1954년. 대략 끄집어낸 경우로만 보아도 그러기엔 수없이 많은 곳에서 나온다.

나는 늘 짬을 내어 일부러라도 그런 일들을 하지 않으면 안 됩니다. 집 안에 틀어박혀 눈을 긴장시켜가며 글을 쓰는 일은 신경을 곤두세우게 하고 내게 심한 부담을 주기 때문이지요. 그러다가 자칫 정말 고약한 통증을 느끼게 되기도 합니다. 〔에밀 몰트에게(1916)〕 매일 한 시간 정도는 채소밭에 꾸부리고 앉아 잡초를 뽑거나 밖에 나가 수채화를 조금 그립니다. 그러다보면 통증이나 모든 것은 사라지

고···. 〔칼 마리아 츠비클러에게(1932)〕

어느 글에서 헤세는 이런 이야기를 한 적이 있었다. 젊어서 눈물샘 수술을 했었는데, 그때 약간 잘못된 처리 때문에 평생 그 후유증을 인내해야 했다. 참을 수 없는 눈언저리의 근육통, 거기서 비롯되는 온몸의 경직 같은 게 생기곤 했던 모양이다. 특히 아침에 일어나서 한참 동안이 심했다. 여러 곳에서 아픔과 고통을 이야기한 원인은 바로 그것이었다. 그걸 이겨내는 걸로 헤세는 끊임없이 몸을 움직여 정원을 돌보는 데 집중을 했다. 육체적인 노동은 신체적인 고통을 이겨내게 해주었고, 만약이라도 조금 노동일을 소홀히 하게 되면 아픔이 많았던 모양이다.

내게는 포도나무와 채소와 약간의 꽃을 심은 정원이 하나 있습니다. 소박하고 좀 유치한 티치노의 정원이지요. 〔파울 브레너에게 (1942)〕 정원에 나가서 눈의 피로를 풀지 않고 집 안에 틀어박혀 일만 하고 있으면, 나의 눈은 약해져 며칠 동안 눈물이 나오고 아파서 나는 하릴없이 앉아 있게 됩니다. ··· 나의 반생은 이 약해진 두 눈으로 인해서 어두워져 버렸습니다. 〔에르빈 아커크네이트에게(1954)〕 (정원일의 즐거움, 208, 212)

헤세는 정원에 나가 일에 몰두했는데, 그가 한 일은 주로 나뭇가지며 잎을 태우는 일이었다. 육체적인 아픔을 이겨내기 위해서도 끊임없이 일에 몰두해야 했고 그건 정원 일이라기보다는 잡동사니 소일거리에 몰두했다는 게 맞는 말일 것 같다. 그렇게 해놓고 보면 작가로서 헤세가 도에 넘칠 정도로 거기에 몰두했던 이유도, 그리고 헤세에 대해서 미처 모르고 있었던 사실에 대해서도 조금 알 만하다.

하룻밤을 잘 자고 나서 별로 통증이 느껴지지 않으면, ⋯ 대개는 잡초를 뽑으면서 그런 구상을 하지요. 기계적인 일에 열중하면서 다른 한편으로는 내 작품 속의 주인공과 대화를 하는 겁니다. 〔헬레나 벨티에게(1932)〕 (정원일의 즐거움, 193-196)

카사로사는 집 울타리 둘레로 빽빽하게 생울타리가 쳐졌고 그리고 급한 경사면이었다. 헤세의 글로 미루어보면 카사로사의 헤세의 정원은 꽃과 수목으로 푸르름이 가득한 화훼원이었다기보다는 야채, 소채류, 토마토 이런 걸 주로 가꾸고 손질하던 텃밭 쪽에 가까웠을 것 같다. 카사로사로 옮겨와 집을 짓고 직접 정원 일을 하던 때 친구에게 보낸 어느 편지에서 이야기한 "소박하고 좀 유치한 티치노의 정원"이라고 했던 그때의 헤세의 정원 이야기다.

최근에 나는 그 땅에 집을 짓고 이사했다. 나 자신을 위해 많은 경험을 통해 친숙해진 농부의 생활을 다시 시작하게 되었다. 이 생활에 열정적으로 몰두할 마음은 없고, 그저 여유를 갖고 해나갈 생각이다. 열심히 일하기보다는 한가롭게 즐길 것이며, 수풀을 개간하고 곡식을 재배하기보다는 가을을 타는 장작불의 푸른 연기 곁에서 꿈꿀 것이다. 어쨌거나 나는 멋지게 흰 산가시나무로 울타리를 세웠고 갖가지

독일 가이엔호펜, 헤세박물관 뜰

관목과 다양한 화초를 심었다. … 잡초와 마른 나뭇가지, 가시나무 덤
불을 쳐낸 것, 녹색이나 갈색으로 시든 밤송이 껍질을 모아 모닥불 피
우는 데 썼다. (한 조각의 땅에 책임을 느끼며, 1931, 정원일의 즐거움, 122)

　　정원은 몇 년 동안이나 손질하지 않고 내버려둔 동안에 완전히
실용적인 의미를 잃어버렸다. 결국 정원일은 나 자신만을 위한 개인
적인 건강법과 농사일로서의 의미밖에 가지지 않게 되었다. 눈과 머

리가 심하게 아파오면 나는 뭔가 다른 일을 해야 한다. 몸 상태를 바꿀 필요가 생기는 것이다. 여러 해에 걸쳐 나는 그런 목적을 위해 정원일과 숯 굽는 일을 생각해 냈다. 긴장을 풀어주는 효과가 있을 뿐 아니라 명상에 잠기고 환상의 실을 잣고 정신을 집중시키는 데도 도움이 된다. (자연의 복원 1945, 정원일의 즐거움, 179)

마치 유희를 하듯이 꿈꾸었던 집이 지금 여기에 서 있는 것이다. 엄청나게 크고 아름다운 이 집을 앞으로 평생 동안 내 마음대로 사용할 수 있게 되었다. 어딘가에 내 집을 갖고 한 조각의 땅을 사랑하며 그 땅을 경작하여 곡식을 재배하고 농부들이나 목장 사람들과 함께 행복을 맛보는 것, 지난 2천 년 동안 반복되어 온 베르길리우스의 "농경시"의 리듬에 참여하는 것, 그것은 내게 멋지고 부러움을 살 만한 행복처럼 여겨졌다. … 아직 어린 산가시나무를 잘라내며 손질하거나 이듬해 봄을 위해 채소밭을 다듬거나 길가의 풀을 베거나 샘물 주변을 청소하는 등 잔일을 하며 보냈다. 그리고 이런 잡다한 일을 하는 동안 땅 위에다 모닥불을 지폈다. 잡초와 마른 나뭇가지, 가시나무 덤불을 쳐낸 것, 녹색이나 갈색으로 시든 밤송이 껍질을 모아 모닥불을 피우는 데 썼다. (한 조각의 땅에 책임을 느끼며 1931, 정원일의 즐거움, 121-122)

카사로사

다시 몬타뇰라

카사로사에서 헤세가 즐겨 했던 나뭇가지며 낙엽을 모아 태우는 일을 포함하여, 정원에서 보낸 많은 시간 동안 헤세가 가졌던 본래의 마음으로 들어가 헤세와 공감해보는 의미 있는 일이었다. 조금 관심을 가지고 보니, 헤세의 작품에는 거의 언제나 정원이 들어 있었다. 헤세는 거의 모든 글에서 정원을 이야기하고 있었는데 어쩌면 그 모두 헤세가 함께 했던 정원이었거나 정원을 대해온 헤세의 깊은 마음이었을 텐데, 여태 눈치 채지 못하고 있었다.

칼브, 헤세의 고향. 역 구내에서 조감되는 칼브의 구도심 일대(위 왼쪽), 분수 뒤쪽으로 보이는 헤세 생가 건물(아래, 왼쪽 창에 화분이 놓인 건물), 헤르만 헤세 광장과 옷가게 간판(아래, 오른쪽)

헤세와 직접 관계된 정원들을 묶어 '헤세의 정원'이라 해보자 싶었다. 신혼살림을 꾸리면서 어느 농가에 세들어 살았다. 차츰 저작료 수입도 생기고 아이도 낳아 식구가 많아지면서 그 집에서 얼마 떨어지지 않은 동네 끝자락에 땅을 사서 처음으로 집을 마련하고 자신의 손으로 정원을 일구고 가꾸었다. 가이엔호펜 시절의 정원이었다. 그게 처음이자 마지막으로 헤세가 애써 가꾼 정원다운 정원이지만 많은 사람들이 그때의 정원을 〈정원일의 즐거움〉의 그 "정원"으로 잘못 알고 있다. 혹은 여러 곳으로 옮겨다니며 살던 모든 집에서 때마다 정원을 가지고 가꾸고 했던 정원 마니아였던 걸로 알고 있다.

그의 뇌리에 꽉 들어차 있으면서 항상 그를 따라다닌 어린 시절, 바젤에 살았던 5~6살 적의 동네와 주변 들판과 다시 고향 칼브로 돌아가 살던 집, 어릴 적 기억 속에 있던 정원인지 아니면 그런 뜰이 있기를 희망했던 생각 속의 정원인지 '유년의 정원'에서 어머니가 가꾸어놓은 작은 정원은 이랬다.

> 아버지가 심은 어리고 가는 전나무, 그 곁의 좁고 긴 꽃밭에는 어머니가 심은 꽃나무가 늘어선 채 햇빛을 받아 밝게 빛나고 있었다. 이 길고 좁다란 꽃밭은 우리가 무척 아끼는 꿈의 정원이었다. (유년의 정원, 1913, 정원일의 즐거움, 20-21)

"정원과 함께 한 평생의 흔적들"처럼 헤세의 주옥같은 글에 담긴 수많은 정원과 정원 이야기들이 많지만, 그 모두가 작정자의 의도라고 하는 정원 감상을 위한 잣대를 들이대는 순간, 헤세의 행적에서 헤세의 정원이라고 엮어볼 수 있는 실체는 사라진다. 몬타뇰라에서 보낸 40여 년의 일에서는 더욱 그렇다.

헤세의 정원은 어디에 있나?

몬타뇰라를 다녀왔지만 헤세의 내면에 녹아 있는 정원을 알아내기에는 턱없이 모자랐다. 짧은 일정 탓만이 아니었다. 전혀 사전 준비도 없이 헤세 정원에 대한 직감만으로 무방비 상태로 덤빈 탓에 손에 잡히는 정원의 실체를 만나지 못했다는 커다란 숙제를 가지고 있었다.

몬타뇰라에서 돌아온 후 〈정원일의 즐거움〉, 〈향수〉, 〈방랑〉 이런 헤세의 글들을 다시 읽으며 헤세의 글에서 느낀 것들을 하나하나 메모해 두고 있었다. 이듬해 여름, 또 한 번 유럽을 갈 기회가 있었다. 다른 일정 가운데 며칠을 들어내어 바젤, 가이엔호펜, 취리히처럼 헤세의 발길이 닿은 여러 곳들을 찾아다니는 데 할애했다. 그리고 다시 찾아간 몬타뇰라에서는 "헤세의 정원은 헤세 글에 나온 경관으로 나타나는 정원", 즉 확대된 개념의 정원을 떠올렸다.

조경전문가 입장에서 정원이란 무엇인지 정의하자면 좀 복잡하다. 단호하게 정의하자면 차라리 쉽지만 조금 넓게 확대시켜 보자면, 어디서부터 시작하여 어디까지 확대시켜 갈 것인가 하는 고민도 있고 개념이니 정의니 하는 걸로 따져 가야 하기에 아무튼 좀 복잡해진다. 그런 쓸데없는 건 잠시 뒤로 하고 가벼운 마음으로 약간의 발품을 팔아 찾아들면 시야에 들어오는 "그래 보일 만한 정원"들이 그리 드물지는 않다. 파리 로댕미술관의 비롱관 2층 발코니에서 내다보이는 정원이나 오베르의 고흐가 스케치했던 장소 같은 곳들을 로댕과 고흐의 시각으로 비쳐봄으로써 정원화시킬 수 있다. 정원의 범위가 너무 광범위하게 확장

되어 버리는 위험이 없지 않지만, 전혀 정원일 수 없는 도시공간마저 감상자인 나에게 감동을 주고 나를 힐링해 주는 장소가 되어 준다면 그런 곳들을 "확대된 정원"으로 포함시키는 데 주저할 필요는 없을 것 같다.

정원 조망경관

어떻게 조성하는가의 시각에 따라 보자면, 정원은 '공간과 소재'의 관점에서, 즉 꽃과 나무, 그리고 연못(물) 같은 '소재'를 배치하고 가꾸는 것이자, 이들 소재를 담는 대지를 어떻게 다루는가 하는 공간계획과 경관계획에 관한 '공간'의 측면에서 설명할 수 있다. 감상자와 대상 간의 관계에서 살펴지는 이런 것들은 조망과 시점장의 관계로 나타난다.

조망은 바깥의 경관을 바라보는 것을 말하지만 조원의 개념으로 볼 때 조망은 외부의 경관을 정원의 일부처럼 끌어오는 수법이되며 이를 차경이라 한다. 동양의 조원에서 특히 조선시대 우리의 선비문화에서 조망과 완상은 거의 뗄 수 없는 요체였다. 차경이란 중국 명나라 시대에 나온 조원에 관한 고전 〈원야〉(園冶, 1634)에서 언급되어 있고 실제로 전통적인 조원의 방법으로 우리나라에서도 광범위하게 회자되던 방식이었다.

언덕 위든 나무 그늘 아래 어디엔가에 자리를 잡고 멀리 경치가 좋은 곳을 바라보는 것과 그 경관을 내게로, 가져오는 것처럼 조망과 차경은 애초부터 같은 개념은 아니었다. 차경의 원 의미에 비추어 (《원야》에서 논의한 범위에서) 보자면 차경은 바깥의 경관을 내 방 안으로 끌어온다는 의미이고 이 경우 차경은 반드시 바깥의 대상인 경관에 대해 창이나 벽으로 둘러 있는 건축 공간 같은 게 전제되어 있다. 조망하고 완경하는 것과 차경하여 즐기는 것이 서로 다르지 않지만 조망 혹은 차경 하는 장소의 성격에 따라 다른 용어가 등장되는 것일 거다. 유럽의 정원에서도 조망은 여러 매체를 통해 중요하게 다루어져 왔었다.

단테, 페트라르카, 보카치오의 세 사람은 서로 스승과 제자로서 이탈리아의 인본주의자로 꼽힌다. 특히 페트라르카(1304~1374)는 정원을 "시인을 위한 이상적 환경"이라 했다. 그 이전까지의 중세의 정원은 신을 위한 공간으로 신성한 공간을 구현하는 방식이었다. 사방이 벽으로 둘러싸인 폐쇄된 공간에 식물을 중심으로 한 소재를 가지고 조성한 신성한 곳이었고 장미가 만발한 깨끗한 장소였다. 이탈리아 인본주의의 선도자들로부터 정원의 주체가 인간으로 중심 이동되고 정원의 어떤 점이 중요한지 어렴풋이 강조되기 시작한 것이다. 페트라르카는 노년에 직접 자신의 집과 정원을 만들었다고 하는데, 오늘날 그의 정원은 원래의 모습을 잃고 (정확히 말해 그의 정원이 어떤 모습이었는지 알 수 없는 가운데) 숲이 되어 있지만, 멀리까지 조망되는 원경이 있어 발코니로부터의 조망 같은 것이 그의 정원의 중요한 요소였음을 짐작케 해준다.

피에졸레의 메디치 빌라는 멀리 피렌체의 전경이 조망되는 언덕에 자리하고 있다. 여러 단의 노단을 두고 각 노단마다 몇 그루의 나무를 심고 단출한 화단을 꾸몄다. 페트라르카의 정원론 이후 피렌체를 중심으로 있었던 이탈리아 르네상스 시대의 정원 형식을 잘 보여주는 정원으로 꼽힌다. 메디치의 정원으로부터 페트라르카가 주장한 정원에서 조망이 어떤 방식이었을지 짐작해볼 수 있다. 유럽의 근대정원이 본격화되어 군주를 위한 표현과 과시의 수단으로 전개되면서 페트라르카의 정원론의 핵심이었던 "시를 위한" 측면은 유명무실해졌지만 조망은 근대정원의 공간 구성상 중요한 특징으로 이어졌다.

르네상스 시대의 정원은 중세의 사방이 벽으로 둘러싸인 중정의 밀폐된 공간 방식의 정원과 달리 높은 언덕이나 기슭에 자리하면서 둘렀던 벽이 없어지고 열린 공간으로 멀리 도시와 자연의 원경을 조망하는 방식으로 조성되었다. 비탈진 곳에 입지하다 보니 자연히 옹벽을 쌓고 단을 만들어 몇 단의 테라스를 이룬 대지에 화단과 나무, 분수 같은 정원 소재를 펼쳐놓는 형식을 가지게 되었다. 이탈리아 르네상스 정원은 테라스를 이룬 특징을 따서 노단식 정원이라 부른다.

메당의 에밀 졸라

조망은 유럽 근대정원의 핵심이 되어왔다. 19세기 후반부터 등장하여 20세기로 접어드는 동안의 여러 정원들 중 특히 1880년대에 등장한 프랑스 작가 에밀 졸라(1840~1902)의 정원에서 페트라르카의 '조망' 개념을 엿볼 수 있다.

졸라는 〈목로주점〉으로 이름을 알리기 전, 파리 근교의 메당에 집을 마련하고 겨울 한철을 제외한 대부분을 여기서 살며 집필 활동을 하였다. 메당에 집을 마련한 후 〈목로주점〉(1877)이 베스트셀러가 되면서 경제적 여건이 좋아졌고, 집 주위로 땅을 더 매입하고 대지를 넓혀갔다. 센 강의 섬을 사들이고(1880) 별장과 별채를 지어 가까운 친구들과

회합하기도 하면서 메당의 졸라하우스는 문인과 예술가들의 모임 장소가 되었다. 모네가 지베르니로 이사를 하고(1883) 집과 땅을 매입하여(1893) 본격적으로 정원을 조성하였던 것도 거의 그 즈음이었다. 마침 메종 졸라는 집 전체가 보수공사 중이라 현장을 직접 확인할 수 없었다. 에밀 졸라가 메당에 자리를 잡으며 거기서 정착을 위한 계획을 하던 즈음 나름대로의 정원 구상도 있었을 것 같지만 보수공사가 시작되기 직전으로 보이는 인터넷에 떠도는 최근의 현황사진으로 졸라의 정원을 생생히 더듬어보기에는 모자람이 있다. 그 부분에 대해서는 앞으로 프랑스의 정원을 비롯하여 문화 예술의 여러 분야에서 상세히 밝혀줄 부분일 것 같다.

아무튼 담장 사이를 비집고 외곽 언저리로 들여다본 메당의 메종 졸라에는 졸라의 구상을 더듬어볼 만한 정원의 흔적은 분명하지 않았다. 말끔하게 정지된 집 앞 뜰은 보수공사 중인 걸 감안하더라도 아직 단정한 상태지만 뜰을 벗어난 주변 일대는 이미 자연의 숲으로 돌아가고 있었다. 철길을 사이에 두고 철길 너머의 자연의 숲에 가까운 곳을 찾아들어보면, 이미 정원사의 손길이 닿은 지 한참이 된 듯 넓게 숲이 펼쳐져 있고 그 한쪽으로는 정원의 일부로 가꾸어졌던 흔적으로 보이는 여러 줄로 서 있는 나무들이 눈에 띤다.

졸라는 집 주변의 땅에 더하여 철길 너머의 이 숲을 지나 센 강 한가운데 있는 모래섬을 더 사 넣었다. 왜 강 가운데의 모래톱 섬을 샀을지, 강 건너편의 강변에 바짝 붙어 있어 상당히 멀리 떨어져 나가 있는 거기에 뭘 하겠다고 그랬나 싶은 게 쉬 이해가 가지 않는다. 투시도나 단면도, 이런 걸 들고 나올 것도 없이 졸라하우스의 베란다를 시점장으

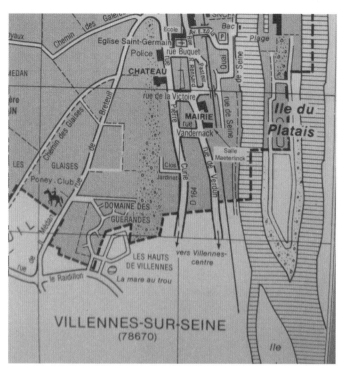

VILLENNES-SUR-SEINE
(78670)

파리 근교 메당의 메종 졸라

메종 졸라와 철길 너머 일대의 숲

로 해놓고 눈으로 가늠하여 보면, 열 지어 선 나무와 그 너머의 센 강, 강 위의 모래섬 같은 것들이 시선 축상의 대상이 되어 좋은 조망 경관을 이루며 조감될 수 있었을 것 같다. 조망점을 열어두고 센 강까지 훤히 펼쳐지는 조망권을 확보하려던 것이 졸라 정원의 포인트였다면 굳이 센 강의 섬을 사들인 게 이해될 만하고 졸라의 작정도 읽혀질 것 같다.

우리의 옛 선비들이 가졌던 자연관은 나와 자연의 관계를 공부하는 성리학의 중요한 바탕이 되었다. 조선시대의 오랜 성리학적 자연관은 구한말에 이르기까지 면면이 이어져왔던 것 같은 게, 1901년 우리나라를 찾아와 한라산 백록담까지 등반하기를 서슴치 않았던 독일인 기자 지그프리트 겐테(1870-1903)의 여행기에서도 그 일면을 만날 수 있다. 금강산을 찾아가 동해안의 해금강까지 횡단하는 모험을 단행하던 중 장안사 언저리에서 기록한 부분에 이런 게 나온다.

승려들 외에 단순히 여행을 즐기며 금강산을 횡단하는 나그네도 적지 않았다. 조선인들은 아름다운 경치를 사랑하는 정열적인 여행가들이다. … 부차적인 별다른 의도 없이도 수주간 여행을 하면서 가정에 소홀하기도 한다. 통역을 통해 나그네에게 여행의 목적을 물으면 "경치를 즐긴다"는 대답을 종종 듣게 된다. 이건 조선인들의 삶에 중요한 역할을 하는 것 같다. 낯선 외국인이 조선에 도착하여 제일 먼저 관찰할 수 있는 것은 감정의 몰입이다. 원주민들은 고요히 자연을 즐기는 일에 집중하곤 한다. 높은 산 정상이나, 바다와 숲이 보이는 전망 좋은 장소에서, 꼼짝도 하지 않고 아름다운 풍경을 응시하며 무리지어 앉아 있는 모습을 볼 수 있다. 자연에 완전히 심취하는 놀라운 관조이다. 가끔 장안사에서 구름이나 숲이 울창한 산 정상이 햇살에 따라 색이 변하는 놀라운 작용을 관찰하거나, 저녁때 묵직한 비구름 사이로 반짝이는 별을 바라보고 있노라면, 지나가던 승려들이 큰 소리로 묻곤 한다. "좋소?" 즉 아름답지 않냐는 질문이었다. 이런 심오한 감정 표현은 조선인들이 여행을 하면서 전망이 좋은 명소나 아름다운 자연경관을 즐길 때 자연스럽게 우러나오는 말이다. (독일인 겐테가 본 신선한 나라 조선, 1901, 175-176)

우리나라의 전통적인 조원 행위 중에서 차경 혹은 겐테가 기록해 준 완경과 같은 중요한 감상 행위처럼 우리나라의 전통적인 조원 행위 중에서 차경 혹은 완경 같은 행위는 폭넓게 작용했었다. 강진의 다산초당에서도, 안동의 도산서당에서도 다산과 퇴계의 흔적을 통해 그분들이 주변의 원경을 얼마나 중시하며 어떻게 차경했는지 더듬어볼 수 있다.

동양적인 사고로, 퇴계나 그 외의 많은 조선의 선비들이 행한 차경의 시각에서 바라보면 졸라의 생각에 가까이 가볼 수 있을지 모른다. 그 저의가 어땠든 퇴계의 〈도산잡영〉에 등장하는 서당 주변의 아름다운 산천처럼, 언젠가 보수공사를 끝낸 후 졸라하우스의 서재 발코니에서 멀리 조망되는 시선의 끝점을 바라보는 것으로 에밀 졸라가 구입한 센 강의 섬을 확인해보았으면 하는 바람이 있다.

메모리얼 벤치

페트라르카로부터 주창된 정원에서의 조망경관은 이탈리아 르네상스 정원과 프랑스 바로크 정원 그리고 영국 풍경식 정원으로 이어지는 오랜 과정을 지나면서 정원의 중요한 몫을 해왔고 19세기 후반 이후 문인과 예술가들의 정원에까지 이어지고 있었다. 절대군주들의 필요성과 대지주 계급들의 필요성과는 다른 맥락이겠지만 분명 작가들의 시각에서도 중요한 요인이었을 것이다. 그런 게 헤세의 카사카무치에서 "클링조어의 발코니"로 살아나고 있었다. 카사카무치에 살던 동안 헤세는 스케치용 간이의자를 챙겨들고 몬타뇰라 일대의 여러 곳들을 다니면서 그림을 그렸다. 헤세에게 와닿은 몬타뇰라는 카사카무치의 발코니에서 조망되던 전경, 몬타뇰라 일대의 산책로에서 만나던 조망경관들이었다. 헤세의 수채화들에는 이들을 조망하던 지점과 조망 대상들이 모두 담겨 있다. 그리고 카사카무치를 떠나 카사로사로 이사할 준비를 하면서 다시 오지 않게 될 이 집의 기억을 남기기 위해 클링조어의 발코니에서 바라보이는 정경을 그림으로 다시 그려놓기도 했다.

경관론에서는 그런 조망 장소를 시점장이라 한다. 그래서 우리의 선인들은 중요한 시점장들에 정자를 세우거나 나무그늘을 만들어놓기도 했다.

눈앞에 펼쳐지는 자연과 경관들을 대하는 방식으로, 헤세의 클링조어 발코니 같은 것 외에도 혹은 그보다 훨씬 더 간단하게라면 벤치 하나가 그 역할을 대신하는 경우도 있다. 헤세가 간이의자를 들고 다니다가 적절한 곳에 자리 잡고 앉아 그림을 그리거나 했던 것도 따지고 보면 정자나 나무 한 그루나 벤치 같은 그런 시점장이 표현된 부류에

속할 수 있다. 벤치는 공원에 놓여 있으면서 이용자들로 하여금 잠시 앉아서 쉴 수 있도록 하는 아주 일반적인 편의시설이지만, 특별난 의미와 연관된 경우로 메모리얼 벤치란 게 있다. 기념비를 대신하여 누군가 돌아가신 이를 기억하고 그들로부터 많은 사람들이 그들의 가르침과 그를 기억하는 많은 일들을 떠올리게 해주는 기념 벤치다. 바로크 시대부터 있던 장식적 돌 벤치에서부터 그냥 현대식 공원 한쪽에 놓인 벤치에 이르기까지 광범위하다. 만약 여건이 여의하다면 공원 일각에 놓는 것에 좀 더 특별난 기능을 더해, 이를테면 중요한 곳으로의 조망이 되는 장소에 벤치를 더해 넣은 메모리얼 벤치도 관심 있게 살펴볼 수 있다. 영화 〈노팅힐〉에 나온 주택가 공원에 놓인 평범한 목재 벤치도 그런 메모리얼 벤치다.

의미 있게 설치해둔 벤치, 이를테면 평소 좋아했던 곳에서 특정한 의미 있는 곳을 조망할 수 있도록 벤치를 가져다놓을 수도 있다. 벤치는 잠시 앉아 쉴 수 있도록 만들어놓은 편의시설이지만, 그게 어디에 놓이느냐에 따라 멀리 조망하거나 지난일을 기억하게 하는 장소를 표시해주는 간단한 장치가 되기도 한다. 19세기 초에 만들어진 독일의 무스카우 정원에도 그런 장치가 있었고 철학자 하이데거가 어린 시절 즐겨 찾았던 벤치, 하이데거 벤치 같은 것도 그런 경우에 속한다.

헤세가 몬타뇰라 일대를 두루 다니며 간이의자를 펼쳐놓고 자리 잡아 한나절이고 반나절이고 마음에 드는 정경을 앞에 두고 스케치하던 것처럼 스케치용 간이의자를 들고 다니면서 여러 목적으로 자리를 펴고 앉아 볼일을 본다면 그걸로도 개인적으로는 의미 있는 조망을 맞이하는 걸 수 있다.

영국 햄턴코트 정원의 메모리얼 벤치

몬타뇰라의 경관

안내판에서 헤세의 묘지를 확인해두었지만 쉽게 찾을 수가 없었다. 날은 엄청 뜨거웠고 이미 오랫동안 산으로 숲으로 돌아다닌 끝이라 지칠 대로 지쳐 있었다. … 끈기 있게 버티다가 우연히 찾은 헤세의 묘. 노벨문학상 수상작가로서 부와 명성에 비하면 생각보다 소박했다.

헤르만 헤세, 묘지 담에 붙은 자리에 뒷산 산 살바토레(San Salvatore) 정상에 좌향을 맞춰 놓았다. 굳이 여기 헤세 묘에서 간좌곤향의 동양식 방위를 들고 올 필요야 없지만 뒷산에 축을 맞추어 향을 잡을 수 있는 곳에 묘지를 썼고 또 그 방향에 맞춰 묘비석을 세웠다는 사실만 기억하고 있으면 나중에 여기를 다시 찾아왔을 때는 절대 애를 먹지 않고 곧바로 찾아낼 수 있을 것 같다.

몬타뇰라 헤세박물관

산 아본디오 묘지. 뒷산이 산 살바도레 산 아본디오, 헤세 묘

- 비고뇨 Bigogno

몬타뇰라를 찾아간 첫해, 호텔 빈 방이 없어 몬타뇰라에서 한참 떨어진 이웃마을 비고뇨에 호텔을 잡았다. 호텔 방에 짐을 내려놓고 동네 한 바퀴를 돌았다. 이튿날 이른 아침, 헤세가 살았던 동네, 그리고 현재 헤세박물관이 있는 동네 몬타뇰라는 숙소에서 잠시 걸어갔다 올 수 있는 거리가 아니었다. 온 종일 돌아다닐 작정으로 짐을 챙기고 제대로 준비해서야 다녀올 만큼 충분히 먼 곳이다 보니, 아직 아침 식사가 준비되기까지는 시간이 많이 남았다. 새벽 시간, 새벽부터 별수 없이 꽤 많은 여유시간이 생겼다. 한 여름이지만 해가 뜨기 전의 이른 아침은 몹시 서늘했다. 단단히 차려입고 새벽 산책길, 동네를 한 바퀴 돌았다. 몬타뇰라에서 계속 이어지는 산허리를 따라 길게 이어져 나가는 길 양쪽으로 몬타뇰라를 둘러싼 테신의 자연이 들어차 있었다. 알프스 남쪽 산록의 이국적 경관이 펼쳐지는 이 산골 시골 마을을 맘껏 둘러보고 머리도 가슴도 확 비워본다.

- 호텔 그로타 플로라 Grotta Flora

그로타 플로라는 비고뇨에 묵었던 호텔이었다. 괜히 아는 척 해보자면, 그로타며 플로라는 성모 마리아의 은유다. 즉 그로타는 동굴인데, 정원의 어휘로 보자면 그게 그냥 동굴이 아니다. 정원의 역사상 이탈리아 르네상스 정원의 궁극의 장소는 동굴이었다. 내가 알고 있던 짧은 지식으로 보자면, 이탈리아 르네상스 시대의 빌라 정원에서 동굴은 만물의 근원이자 정원의 가장 깊숙한 곳에 자리한 은밀한 곳이며 동시에 성모 마리아를 상징하는 장소다. 중세부터 있어온 폐쇄된 낙원, 장미가 만발한 장미원 같은 정원 형식이던 그런 전통에 따라, 구교지역이 분명한 이곳 이탈리아어권의 테신, 즉 티치노에서 그로타라면 바로 정원의 궁극처 동굴일 텐데, 게다가 플로라는 꽃이니 더욱 그렇지 않나. 성모 마리아의 상징이며 마리아 정원의 은유며 하는 걸 끌어다 놓고 짧은 지식에 뭐 좀 엮어보려는데, 그런 호사스러운 것과는 달리 호텔 이름의 그로타며 플로라는 그것과는 전혀 무관한 것이었다. 테신의 숲속 곳곳에 그로타라는 이름이 붙은 음식점들이 여럿 있다. 이 지역의 전통적 음식점 겸 주점을 그로타라고 부른다. 아마도 비탈의 땅굴을 파서 마련한 와인 저장고와 관련된 게 아닐까 짐작되는데, 헤세도 〈테신의 여름밤〉(1921)에서 숲속에 모여 있는 선술집들을 이야기한 적이 있었다. "지붕과 함께 집이 땅에서 사라지는데 산속 깊이까지 뚫어 술창고를 만들었기 때문이다."

- 호텔 벨뷰 Bellevue

두 번째 찾아간 헤세 여행에서는 몬타뇰라의 호텔에 묵었다. 호텔 벨뷰(Hotel Bellevue)는 몬타뇰라 유일의 호텔이다. 4층 규모인데 옥상 테라스도 있고 야외에서 식사를 할 수 있는 테라스도 있을 뿐 아니라 방안에서 루가노 공항이 면해 있는 호수 쪽으로 훤히 내다볼 수 있어서 말 그대로 전망 좋은 호텔이었다. 호수 위로 휘몰아가는 비구름에 소나기와 눈부신 햇살이 반쪽씩 갈라서 시야에 들고, 간간이 뜨고 내리

호텔 벨뷰에서 본 아그노 호수 일대.
멀리 만년설 알프스 봉우리가 구름에 갇혀 있다. 호수 오른쪽으로 길게 루가노 공항의 활주로가 놓여 있
어, 간간이 경비행기가 뜨고 내리고, 아침저녁으로는 저가 여객기가 이착륙하는 모습도 눈에 띈다.

는 경비행기와 여객기, 산 너머로 까마득히 만년설을 인 알프스 준봉도 눈에 들어왔다. 호텔 바로 코앞에 작은 공원이 있고 매점이 하나 있는데, 매점 앞 파라솔을 펼쳐 놓은 곳에서는 해가 있는 낮 동안이면 언제나 동네 할머니들이 모여 카드놀이 삼매경에 빠져 있곤 했다.

- 산 아본디오 San Abbondio

사이프러스가 열병하는 것처럼 죽 늘어서 있어서 성 아본디오 교회는 강렬한 인상을 주었다. 교회 맞은편 길 건너에 공동묘지가 있는데, 헤세가 사두었다고 했던 "저 아래쪽 성 아본디오 묘지 옆의 아름답고 조그만 땅"이란 아마 자신이 묻힐 자리를 만들어두었다는 이야기가 아니었나 싶다. 묘지는 그리 크다고는 하지 않을 정도로 적당했다.

안내판에서 헤세의 묘지를 확인해두었지만 쉽게 찾을 수가 없었다. 날은 엄청 뜨거웠고 이미 오랫동안 산으로 숲으로 돌아다닌 끝이라 지칠 대로 지쳐 있었다. 이러다 일사병에 걸리지나 않을까 싶은 걱정도 되었다. 죽을 각오로, 이 때문에 죽기야 하겠냐면서 끈기 있게 버티다가 우연히 찾은 헤세의 묘. 노벨문학상 수상작가로서 부와 명성에 비하면 생각보다 무척 소박하다는 생각을 했다.

두 번째 찾아간 몬타뇰라 여행길에 다시 헤세 묘를 찾아갔다. 전보다는 덜 더웠지만 그래도 만만치 않았다. 사전에 덜 걸었던 관계로 정신도 몸도 상태는 괜찮았다. 한번 와보았으니 묘 찾는 거야 식은 죽 먹기지 싶어 만만하게 덤벼들었는데, 또 한참을 헤맸다. 맴맴 엉뚱한 데만 돌아다녔다. 혹 다음에 다시 온다 해도 또 어떻게 찾기야 하겠지만 엄청 헤매고 애를 먹을 것 같다.

돌아 나오는 길에 혹시나 해서 멀찍이서 잠시 살펴보았다. 헤세 묘에 초점을 맞추어놓고 주위를 휘둘러보고, 멀찍이 물러나서 전후좌우를 살피다보니 뭔가 중요한 특징 하나가 눈에 들어왔다. 헤세의 묘는 묘 뒤편으로 듬직하게 자리하고 있는 산 정상에 초점을 맞추어 똑바로 그어온 축선상에 놓여 있었다. 우리 식으로 하자면 좌향이다. 어떤 자리를 중심으로 거기 자리 잡고서 등 뒤의 방향으로 좌를 삼고 눈앞의 방향으로 향을 삼아, 예를 들어 간좌곤향이라 하면 간방의 좌에 곤방을 향해 앉는다는 식이다. 묘비석에도 어느 산 무슨 좌에 아무개의 묘, 이렇게 새겨두고 혹 배우자 묘가 다른 곳에 있으면 묘비에 배우자 아무개, 어느 산 또는 듬(언덕)의 무슨 좌향 이런 걸 함께 새겨놓는다. 가계보에도 똑같이 그렇게 명기해두어 혹시 훗날 묘를 찾기 어렵거나 혹은 같은 듬에 여러 묘가 함께 있다 해도 좌향을 구분하여 추정하면 어렵지 않게 묘를 찾아낼 수 있는 일종의 GPS 좌표체계와 dB와도 같은 이치였다.

헤르만 헤세, 묘지 담에 붙은 자리에 뒷산 산 살바토레(San Salvatore) 정상에 좌향을 맞춰 놓았다. 군이 여기 헤세 묘에서 간좌곤향의 동양식 방위를 들고 올 필요야 없지만 뒷산에 축을 맞추어 향을 잡을 수 있는 곳에 묘지를 썼고 또 그 방향에 맞춰 묘비석을 세웠다는 사실만 기억하고 있으면 나중에 여기를 다시 찾아왔을 때는 절대 애를 먹지 않고 곧바로 찾아낼 수 있을 것 같다.

- 클링조어의 발코니

헤세는 카사카무치의 서재, 이층 발코니를 즐겨 클링조어의 발코니라 불렀다. 그곳은 멀리 루가노 호수며 이탈리아와의 국경 너머의 산봉우리까지 내다보이는 전망과 바로 아래로 내려다보이는 카사카무치의 정원과의 만남을 주선하는 장소였다. 전 해의 수리 중이던 일은 말끔이 끝났지만 대여섯 세대가 세 들어 살고 있으면서 현관문을 꼭꼭 잠가놓아 여행객으로서 거기 출입은 전혀 불가능한 상태다. 지난번 공사 중으로 어수선한 가운데 억지로 밀고 들어가 찍어놓은 게 정말 극적으로 촬영해둔 기록이 되는 셈인가.

내 거실과 서재의 동편 벽 쪽에 발코니로 나가는 좁은 문이 있다. 내가 가장 아끼는 자리다. 이 발코니 때문에 수년 전 이곳에 정착하기로 결심하였다. 이 발코니 때문에 여행을 마칠 때마다 늘 감사하는 마음을 갖고 여기 테신의 거처로 돌아오곤 한다. (저녁구름 1926, 테신, 102)

그야 그렇다치고, 발코니에서는 발 아래로 정원을 만날 수 있고 똑바로 멀리 루가노 호수와 심지어는 이탈리아 국경의 도시까지 바라볼 수 있었다 했다. 아무튼 카사카무치의 발코니에서는 아니어도 인근의 어디에서든 루가노 호수 쪽으로 아름다운 파노라마를 대할 수 있다. 몬타뇰라, 아그라 그리고 지도에도 잘 나오지 않는 외딴 집 하나 둘만 있는 동네까지 숲을 지나 산길을 걷다보면 여기의 호수 저기의 호

카사카무치

수 숲과 나무에 가려 겨우 눈치 챌 수 있는 전경과, 혹은 훤히 오픈되
어 가슴을 확 틔어주는 대단한 조망과 만나곤 한다.

식사 후에는 10여 분간 책을 읽는다. 이 시간에는 특별히 좋은 책만 읽는다. 밖에는 아직도 낮의 기운이 남아 있다. 일어나서 테라스로 나가, 담쟁이덩굴로 덮인 벽돌로 쌓은 마메테 흙벽 너머로 카스타뇰라, 간드리아 등을 바라본다. 살바토레 뒤쪽으로는 몬테게네로소 산이 불그스름하게 빛나고 있다. 저녁 무렵의 이 행복한 광경을 바라보는 데는 한 15분 정도가 걸린다. (여름에서 가을로 가는 길목, 1930, 정원일의 즐거움, 115)

카사카무치의 발코니는 헤세로 하여금 저녁식사 후 나와 앉아 멀리 해지는 들녘과 사시 계절에 따라 달라지는 경관을 마주하며 책도 읽고 어둠살이 지면서 시시각각 달라지는 산 그림자를 감상하는 시간을 가질 수 있게 해주었다. 발코니는 헤세가 발견한 "자신의 장소"였다. 우리의 옛날 선비들이 정자에서 사유하고 공부하며, 정자나무 아래 반석에 자리 깔고 앉아 경관을 완상하는 장소로 삼은 것과 같다. 옛날 선비들은 산천을 두루 유람했다. 명산대천을 찾아 시를 읊고 여행기를 남기기도 했고, 집과 정자 주변의 사시를 둘러보고 노래했던 글들을 남겼다. 오늘날 우리는 그런 글들을 통하여 옛 선비들의 마음을 읽고 자연 경관을 새롭게 인식하기도 한다.

몬타뇰라에서 바라보이는 루가노 호수

카사카무치 그리고 클링조어의 발코니를 거점으로 하여 헤세는 몬타뇰라 일대를 두루 유람 하고 다녔다. 헤세의 〈테신〉 같은 에세이집의 글들을 보면 몬타뇰라의 인상들, 동네를 한 바퀴 돌면서 만나는 '빨간 집', '사제관', '그로토' 같은 걸 만날 수 있고, 걸터앉아 눈앞에 펼쳐지는 경관을 스케치하고 눈에 담아두었던 이런 것들과 마주할 수 있다.

헤세의 발길을 따라 몬타뇰라와 일대를 돌아보면 알프스 산록 남쪽 동네의 아름다운 경관들을 만난다. 잠시 카메라를 내려놓고 헤세

의 〈테신〉 같은 에세이집을 들려놓는다. 몬타뇰라, 비고뇨, 아그라, 산 아본디오, 좀 더 멀리 루가노 호숫가의 도시 루가노, 호수와 산과 집과 동네 그리고 산길과 숲길까지 여러 갈래의 산책로를 따라 돌아보았고 여행의 자취를 담은 사진을 널어놓고 나름대로 해둔 메모 쪽지도 끄집어내어 보는데, 되짚어보니 결국 그 여행에서 담아온 기억들은 모두 오래전 헤세의 글과 그림에 담겨 있던 것들을 크게 벗어나지 않는 것이었다.

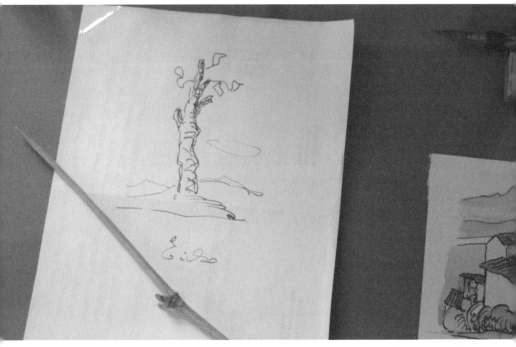

몬타뇰라 헤세박물관

헤세, "Haus mit Palmen" (1930) 몬타뇰라

　　내 손에는 스케치용 간이의자가 들려 있다. 등에는 배낭을 메었다. 그 속엔 조그만 화판, 수채화 물감을 짜놓은 팔레트, 작은 물병, 아름다운 이탈리아산 도화지 몇 장, 여송연 그리고 복숭아 한 개가 들어있다. 십 분 후면 우편배달부가 들이닥칠 텐데, 바로 직전에 집을 나선다. 마을 밖으로 행진해 나가며 이탈리아의 옛 군가를 흥얼거린다. 포도밭 언덕의 그늘 속에선 풀잎이 아직도 이슬에 촉촉이 젖어 있다. 멀리 가지 않아 초원의 작은 오솔길 접어들기가 무섭게 한 폭의 그림이 나를 불러세운다. 오래된 과수원이다. 저 위쪽 꼭대기의 잠자듯 고요한 정원과 수목의 낙원에서는 사랑스럽고 요염한 시선을 보내고 있다. 사실은 마을을 채 벗어나지도 못한 여기에 머물러 키 큰 풀밭 속에서 발을 적시는 것은 내 구미에 맞는 일이 아니다. 그러나 별수 없다. 그걸 그려야 한다. 접는 의자를 펼쳐놓는다. 집에서 야외로, 의무에서 기쁨으로, 문학에서 그림 속으로 소풍 갈 때 나의 친구이자 동반자이다. (수채화그리기 1927, 테신, 137-138)

멀리 루가노 호수 원경이 바라보이는 카사로사 부근의 작은 공원에 밤나무가 여러 그루 있다. 알프스 북쪽에는 먹는 밤이 없지만 이탈리아에서는 먹는 밤이 많고 우리처럼 구운밤을 파는 곳도 많다.

배낭에서 점심을 꺼낸다. 소시지는 맛이 좋다. 밤 몇 톨 구워 먹으면 좋겠다. 지금 어머니가 살아 계시다면, 나에 대해 알고 싶어 하시던 것을 다 털어놓고 고백하련만. ⋯ 모닥불이 꺼졌다. 오늘도 상당한 구간을 걸어갈 생각이다. 짐을 꾸리고 묶는 동안 아이헨도르프의 시가 한 수 떠오른다. 무릎을 꿇고 시 구절을 노래한다.

아아 곧 오리라, 조용한 시간이.
그러면 나 또한 쉬게 되리니
내 위엔, 날 아는 이 아무도 없는
아름다운 숲속의 고독만 있네.

그래, 우수란 구름의 그림자에 불과한 것을. 호수를 내려다보며 밤나무 숲에 둘러싸인 방앗간 길을 지나간다. 고요하고 푸르른 정오의 세계를 뚫고. (정오의 휴식, 1919, 테신, 20-22)

산의 응달진 쪽, 숲속에 선술집들이 모여 있다. 박공이 있는 조그만 돌집들은 뒷벽이 없다. 지붕과 함께 집이 땅에서 사라지는데 산속 깊이까지 뚫어 암벽의 술 창고를 만들었기 때문이다. 지난 가을과 그 전 가을에 담근 것이다. 더 오래된 포도주는 없다. 부드럽고 아주 순해서 포도 맛이 좋은 술이다. 붉은 색에 서늘한 게 알싸한 맛이 난다. (테신의 여름밤, 1921, 테신, 62-63)

몬타뇰라 일대 전통 음식점들의 그로토

이 조그맣고 푸른 테라스를 지나면 숲을 빠져나오게 되는데, 포도밭과 복숭아밭을 따라가다가 보면 아름다운 광경이 나타난다. 숲 아래로 빨간 지붕들이 이글대고, 거기 조그만 마을이 있다. 여기서 나는 잠시 머문다. 딸기나무 덩굴에 오래된 담장이 감춰져 있고, 그 뒤로 눈부시게 하얀 길과, 그 길 저편에 호수가 놓여 있다. (오솔길, 1921, 테신, 57)

몬타뇰라, 아그라 일대의 숲길

몬타뇰라 일대와 루가노 호수. 왼쪽 끝이 카사로사의 경계.

전의 그 어떤 곳에도 비할 바가 아니었다. 발코니 앞에는 남향
의 오래된 과수원이 산비탈에 비스듬히 펼쳐져 있다. 종려나무 동백
나무 철쭉꽃, … 그 사이에 키 큰 주목 몇 그루가 등나무 덩굴에 덮여
있고 좁다란 장미밭이 일렁인다. 이 졸음에 겨운 듯한 옛 정원이 나
와 세계 사이에 놓여 있다. 이제 많은 정원들을 밑에 두고 나의 발코

니에 앉으면, 누구도 나를 방해할 수 없다. 나는 정원과 숲의 저편까지 조감한다. 교회당과 포르레짜의 번쩍이는 호수, 그리고 코머 호수 저편의 높은 산, 산골짜기엔 초여름이 다 되었는데도 아직 눈이 남아 있다. (저녁구름 . 1926, 테신, 103-104)

산 아본디오 교회.
묘지에서 차도 건너편으로 마주 보이는 곳 산 살바도레 산을 배경으로 산 아본디오 교회가 자리한다.

　　어제 저녁 숲속 주점에서 집으로 오는 길에 산 아본디오 묘지로
향하는 협곡 입구에서 초원과 호수 골짜기의 촉촉한 냉기가 나를 엄
습했다. 아늑한 온기가 밀려나 아카시아나무, 밤나무, 오리나무 밑에
서 수줍은 듯 웅크리고 있었다. …. 저녁 무렵 산은 보랏빛을, 하늘은
가을을 예고하는 에메랄드 색조를 띤다. 그 다음엔? 선술집의 저녁,
아그노 호수에서 즐기던 오후의 수영, 밤나무 밑에 앉아 그림 그리던
일. (여름의 끝, 1926, 테신, 115-116)

몬타뇰라 소공원 매점의 카드놀이 하는 할머니들

안녕하세요, 니나. 절 아직 알아보겠어요?

오 시뇨르 포에타, 카로 아미코, 소노 콘텐타 디 리베델라! (오 시인 양반, 다시 보게 되어 반갑구먼!)

내가 만류하지만 그녀는 일어서느라 한참 애를 쓴다. 왼쪽 허리춤엔 나무 담배통이 달랑거린다. 유감이군요, 니나. 당신이 나보다 40년이나 일찍 태어났다는 사실이. … 은발의 니나, 당신은 틀림없이 아름다운 소녀, 아름답고 대담하고 훌륭한 부인이었을 게다. 니나는 지난여름을, 내 친구들을, 내 누이를, 내 애인을 떠올리게 한다. 그러는 동안 물주전자를 날카롭게 주시하며 물이 끓는지 살펴본다. 커피 분쇄기로 빻은 커피 가루를 집어넣고 한 잔을 내게 건넨다. 이제 우리는 난로 곁에 앉아 커피를 마신다. (니나와의 재회, 1927, 테신, 127-128)

아그라 동네의 전경

내 친구, 니나의 그을린 부엌은 그리 깨끗하지 않다. 전혀 위생적이지도 못하다. 이 커피 통, 이 오래된 양철 커피 통으로 커피를 마시고 싶은 사람은 별로 없으리라. 우글쭈글한 양철통에서 따라 마시는 커피의 맛은 기막히다. 싸한 장작 내음이 은은한, 진하고 독한 커피 한잔, 함께 앉아 커피를 마시며 나누는 욕지거리와 정담, 늙었지만 용감한 니나의 얼굴 모습이 내겐 춤을 곁들인 차 대접을 열두 번 받은 것보다 더 좋다. 유명한 지식인들의 모임에서 문학적 대화를 열두 밤 나눈 것보다 한없이 더 좋다. (니나와의 재회, 1927, 테신, 130)

유별났던 여름이 곧 끝나려 한다. 어느새 산은 보석 같은 빛, 구월의 특징이라 할 맑고 얇고 달콤한 코발트빛을 띤다. 일을 하는 중에도 아름다운 글을 몇 가지 읽었다. 그중 가장 아름다웠던 것은, 더운 칠월의 저녁 며칠 동안 슈티프터의 〈들꽃〉을 기분 좋게 다시 읽었다. 참 아름답고 매력적인 책이다.

여름이 서서히 저물어 가는 이런 시기엔 대기 속에 일종의 명징함이 깃든다. 난 그걸 회화적이라고 부르곤 한다. (백일초, 1928, 테신, 146-148)

루가노 호수 조망

몬타뇰라

최근 수주일 동안 뇌우도 없이, 비도 오지 않고 평화롭고 조용히 슈티프터의 늦여름이 지속된다. 이때는 온통 푸른색이고 온통 황금빛이다. 평화롭고 온화하다. 이따금 이 평화를 깨뜨리는 건 그저 이따금 부는 푄 바람뿐이다. 이것이 하루나 이틀 동안 나뭇가지를 뒤흔든다. 초록 가시에 싸인 밤송이들을 떨어뜨리고, 푸른빛을 좀 더 푸르게, 산의 밝은 보랏빛을 좀 더 밝게, 유리처럼 투명한 하늘을 한층 더 맑게 만든다. (테신의 가을, 1931, 테신, 180-181)

　　나그네로서, 조용한 관찰자로서 수년 동안, 12년 동안 화가로서
나는 이 늦여름과 가을을 여기서 겪었다. 바람 잔 하늘에 구름이 잔
잔한 날 호수 골짜기의 여기저기에서 들불의 파란 연기자락이 피어
오르며 원근이 하나로 합쳐질 때마다 나는 부러움과 슬픔을 함께 느
낄 때가 많았다. 가을날 노경의 나그네가 울타리 너머로 이곳의 토박
이들을 바라볼 때 느끼는 감정이다. 그들은 마당에서 가느다랗게 불
을 피우고 숲에서 따온 햇밤을 굽는다. … 들불과 마당불을 어느 것

비고뇨 일대

이나 다 태우는 것 같지 않다. 요컨대 방해물인 딸기넝쿨과 감자밭 잡초를 제거하는 데 기여한다. 땅에 재를 만들어주고 가시투성이인 밤송이 껍질을 태운다. 이것이 풀밭에 남아 가축을 해쳐선 안 되기 때문이다. 들불에 심취하며 유유자적하는 가을날의 행복을 나는 알고 있다. (테신의 가을 , 1931, 테신, 181-182)

Ⅲ

지베르니,
모네 정원

모네, 수련

지베르니, 모네 정원. 물의 정원

　　지베르니의 모네 정원에는 수많은 꽃과 꽃밭을 거니는 방문객
들 그리고 정원에서 일하는 정원사들로 한바탕 꽃밭을 이루었다. 나
는 정원의 풍경은 물론이고 정원을 사진에 담고 꽃을 감상하는 데 몰
두한 사람들을 사진에 담느라 분주했다.

　　1895년에는 일본풍 다리를 만들었다. 아름다운 꽃이 만발하고
연못에는 다리가 놓여 있고 물위에는 수련이 가득한데, 모네는 그 아
름다운 정경을 수련 연작에 옮겨놓았다. 수련 군락이 있는 연못 수
면, 하늘이 비쳐 있는 수면, 이런 것들은 마지막 30년간의 모네의 주
요 모티프가 되었다.

지베르니 모네 정원, 화훼정원

지베르니의 꽃밭

아름다운 꽃이 있고 수련이 가득한 연못이 있는 곳, 거기에 화가 모네(1840-1926)의 명성까지 더해져서 해마다 전 세계의 관람객들이 찾는 곳, 에펠탑 같은 명물도 아니고 베르사유처럼 떡벌어지게 펼쳐진 장관을 보여주는 것도 아닌데다 고작(?) 한 개인이 일군 정원일 뿐인데도 불구하고 그토록 이름난 지베르니, 모네 정원으로 가는 길이었다. 거기를 찾아가는 길에 별달리 준비할 게 없었다. 아름다운 정원을 만날 기대감 외에 달리 준비할 게 뭐가 있겠나 했다.

↑일본풍 다리   ⇓ 물의 정원

아직 무명이던 시절, 모네는 파리의 복닥거리는 시내를 피해 멀리 교외에 떨어져 나와 살았다. 아르장퇴유에서 좋은 환경과 마음의 여유를 가지고 작품 활동을 했었지만 생활난으로 계속 그 생활을 이어갈 수 없었다. 새로 옮긴 동네 뵈테유에서, 40대에 접어든 그 즈음의 모네는 큰 회의감에 빠져 있었다. 아르장퇴유의 시절과는 비교가 안 되었다. 도망치듯 베퇴유를 떠나 푸아시로 갔지만 거기서도 여전히 안정을 얻지 못했다. 1880년 초 시장에는 인상주의 작품 거래가 활발해졌고 인상주의 화가들은 독지가의 후원으로 전시를 열 수도 있게 되었지만, 친구에게 보낸 편지에서 모네는 미래가 너무도 암울해 보인다고 호소했다. 이듬해 1883년 우연히 발길이 닿은 곳이 지베르니였다.

모네는 지베르니의 멋진 풍광에 매료되었고, 지베르니로 이사했다. 그에게 지베르니는 '너무도 멋진 곳'이었다. 지베르니에 자리를 잡은 지 7년, 모네는 "이곳보다 아름다운 전원이나 가옥은 어디서도 다시 찾아볼 수 없을 것"이라며 지베르니를 마음에 들어했다. 작품도 팔리기 시작하면서 모네는 경제적으로 남에게 의존하지 않게 되었다. 그래서 1890년에는 그 집을 사서 정착했다.

모네는 여러 날, 똑 같은 대상을 두고 반복해서 시간의 흐름에 따라 시시각각 달라지는 모습을 반복하여 연작작품들을 만들었다. 중심 주제는 "빛의 변화"였다. 동일한 대상을 동일 시점에서 바라볼 때 빛의 변화가 곧 각 작품을 구별 짓는 중요한 특징이라는 모네의 생각은 〈노적가리〉(1890), 〈포플러〉(1891), 〈루앙대성당〉(1892-3) 같은 연작들에서 끊임없이 실험되고 표현되었다. 뭐, 어설프게나마 설명하자면 우리 눈에 비쳐오는 이미지는 '빛의 변화에 있다'는 걸 실험하고 있었다.

지베르니의 집을 얻고 1890년 그 집의 주인이 된 이후로는 정원 가꾸기에 집중했다. 몇 차례 런던을 다녀왔고 1908년 아내와 함께 한 차례 베네치아를 다녀온 일이 있지만 노년에 이르러 모네는 거의 지베르니 밖으로 나가지 않았고 오랜 동안 물의 정원에서 수련을 그리는 일에 몰두했다. 수련 군락이 있는 연못 수면, 하늘이 비쳐 있는 수면, 이런 것들이 마지막 30년간의 모네의 주요 모티프가 되었다.

물의 정원

지베르니의 모네 정원, 눈 가는 데 모두 모네의 그림에 있던 자연의 인상들로 가득했다. 아틀리에 앞에 펼쳐진 화훼정원은 물론이고 아틀리에 2층 창밖으로 펼쳐지는 경관에 꽃밭 사이로 끊임없이 오가는 개미떼 같은 관람객들의 화사한 옷 색깔이 더해지고 정원 너머로 지평선을 이룬 숲의 스카이라인과 수평선 위로 불쑥 솟아오른 미루나무의 촛불 불꽃 같은 라인에 새파란 하늘빛과 구름까지 더해져 한결 극적이었다.

정원에는 외형의 것 이상으로 내면의 요인들이 있다. 현재의 아름다운 모습을 내뿜게 해줄 때까지 들어간 노력과 정성과 시간, 그리고 또 그 이상으로 거기에 쏟은 작정자의 내면의 세계도 들어있다. 이런 것들까지 들먹이며 정원을 만나야 한다면 그것 참 쉽지 않을 테지만, 그래도 그런 작품을 이루어가는 일련의 콘텐츠가 엄연하며, 하나의 정원을 만들어가는 프로세스를 일종의 예술작품을 창작해가는 과정, 하이데거가 "예술작품의 근원에 대하여"에서 이야기한 예술작품화 과정으로 삼아 볼 수 있다면 사람들은 정원을 '작품'이라 하고 그걸 만나는 일을 '감상'이라고 부를만 하지 않을까 싶다. 작품 감상으로 보자면 모네의 정원은 뜰에 만발한 꽃이 있고 수련이 가득한 연못이 있는 정원 이상의 어떤 생각을 하게 한다.

지베르니의 모네 정원은 넓은 대로를 사이에 두고 두 구역으로 분리되어 있다. 도로 위쪽으로 집과 뜰의 무성하게 들어선 꽃밭 중심의 화훼원과 길 너머의 커다란 연못을 중심으로 한 '물의 정원'이다. 지베르니의 집을 산 얼마 후 집 앞의 넓은 마당에 꽃으로 화훼 정원을 만들었고, 이어 길 너머 쪽의 7천5백 평방미터의 초지를 더 사 넣어 거기로 수로를 연결하여 물을 담고 물의 정원을 만들었다. 다섯 명의 정원사로 하여금 정원을 관리하게 하고 있었지만 연못과 수련만 담당하는 정원사를 따로 고용하여 별도 관리케 했을 만큼 모네는 물의 정원에 많은 정성을 들였다. 1895년에는 일본풍 다리를 만들었다. 물가에는 아름다운 꽃이 만발하고 연못에는 다리가 놓였으며 물위에는 수련이 가득한데, 모네는 그 아름다운 정경을 수련 연작에 옮겨놓았다. 그렇게 수련은 만년의 모네 연작 모티프가 되었고 수련 연작들이 나왔다.

모네의 수련 연작들과 정원. 둘 간에는 긴밀한 관계가 있는 것 같다. 정원을 구상하던 때부터 하나부터 열까지 모네의 머릿속에서 그리고 있던 무엇인가를 형상화한 아이디어가 담겨 있을 게 분명한데, 아쉽게도 모네는 그의 생각을 짐작할 수 있을 만한 어떤 글도 남기지 않았다. 작가는 글로써 자신의 정원을 묘사하고 또 정원에 대한 심사, 즉 자기의 작정의도를 은연중에 내보여준다. 정원에 내재된 세계에 다가

가는 어려움도 작가의 글을 읽으면서라면 그리 어려울 것이 아닐 수 있다. 그래서 나는 작가의 정원을 찾아다니는 게 참 편하다. 한편 생각하면 정원에 관한 감정을 어디 글로만 내보이겠나? 헤세가 담백한 수채화로 테신의 경관과 풍광에 담은 자신의 마음을 표현해 주었듯이 모네의 그림을 통해서 그의 정원에 좀 더 다가가는 게 가능하지 않을까.

모네는 1908년 백내장 판정을 받았다. 정말 참을 수 없을 만큼 시력에 문제가 생겨 의사를 찾아간 것이라고 본다면 당연히 그 이전부터 심한 시력문제로 애를 먹었을 것이고, 모네의 백내장에 의한 시력문제는 그 이전에도 상당히 오랜 세월 전부터 있어왔을 것이다. 1899년에 그의 수련 연작이 시작되었는데 초기의 연작에서부터 모네의 수련 혹은 연못을 소재로 한 작품들은 모두 흐릿하게 물체의 윤곽을 구분할 수 없었고 색채도 여러 빛깔로 분리된 모습으로 어지럽게 표현되어 있었다. 후기로 갈수록 그 정도가 심해진다. 작품들의 이런 현상을 두고 모네의 "백내장에 의한 시력문제로 흐릿하게 보인" 때문으로 이야기되는 것은 어쩌면 당연하게 보일 수도 있다. 나 역시 오랫동안 그렇게 여겨왔다. 하지만 여기 물의 정원에 와서 보니 꼭 그런 이유만은 아닐 수 있겠다는 생각이 든다.

모네의 그림을 들여다보면 백내장 판정을 받기 10년 정도 전에 수련연작이 시작되었다. 물론 수련이며 일본식 다리가 있는 초기 작품에서는 후기에 비해서 그림의 형체가 많이 또렷했다. 그런데 그보다도 훨씬 전, 모네가 무명으로 있던 젊은 시절부터 그의 그림에는 이미 흐릿하게 색을 분해해놓은 듯이 마구 섞어놓은 식으로 표현되고 있었다. 모네의 그림들을 죽 널어놓고 보면 처음으로 그런 현상이 뚜렷이 나타난 것은 젊은 시절 파리의 유원지에서 르누아르(1841–1919)와 함께 똑같은 곳을 두고 그렸던 〈라 그르누에르〉(La Grenouilliere, 1869)에서부터였다.

흥미로운 건 르누아르 역시 모네와 같은 방식의 화법을 쓰고 있어서 두 사람의 작품에서 기법상으로 보자면 둘을 거의 구분할 수 없을 만큼 같은 방식을 썼다. 르누아르 역시 모네와 함께 했던 그 이전부터 사실화에 가까운 작품들 중 〈라꼬양의 초상〉(1864)에서 배경으로 넣은 풍경의 묘사에서 흐릿하고 분해된 색채를 사용하는 경향을 보였고 본격적으로 자주 나타난 건 역시 모네와 함께 했던 이후, 〈La Promenade〉(1870)를 비롯해 주로 1870년대 후반에 많이 나타난다. 르누아르와 함께 살펴보더라도 모네의 작품이 흐릿해지는 것은 반드시 백내장에 의한 시력 감퇴에서 오는 현상만은 아닐 것이었다. 그렇다면 모네는 (물론 르누아르도 같은 이유일지 모르는데) 왜 그렇게 했을까?

모네의 작품 경향을 좀 더 그 사람의 입장 가까이에서 바라보자면 흐릿한 풍경, 어지럽게 뒤섞인 형상의 모네의 특징 외에 젊은 시절부터 해온 그의 작품들에 나타난 다른 한 가지의 특징은 물에 비친 모습이었다. 물에 비친 모습을 그려주는 것은 모네뿐 아니라 다른 수많은 화가들의 작품에서도 등장할 수 있는 일이지만 모네의 그것은 이후 줄기차게 그리고 노년의 물의 정원 내지 수련 연작에 집중하던 때까지 이어졌다. 급기야는 반영된 세계를 자신의 모티프로 삼은 것에 비추어 보자면 그의 노년의 이런 세계는 젊은 시절부터 익히 겪어온 경험과 작품이 함께하고 있었던 것이다.

나는 수준 있는 작품을 만들어내는 전문 사진가는 아니고 그렇다고 대단한 기록사진을 만든 마니아도 아니지만 오래전부터 일상에서 카메라를 거의 놓지를 않고 있다. 내가 전공하는 분야는 '경관'이다. 경관의 본성은 일상 삶의 환경에서 만들어지는 과정 속에 있다. 언제 어디서 어떤 일상적인 스냅이 나올지 모르기에 항상 카메라를 끼고 다닌다. 일상의 사람들의 모습을 담느라 시도때도 없이 찍어대다가 오해도 받았고 다투기도 했다. 디지털카메라가 나오면서부터는 더욱 그랬다.

지나고 보니 카메라에 담긴 영상은 그때그때마다 나의 관심사가 어디에 있었나를 돌아보게 해준다. (십수 년 동안 거의 변함없는) 길거리에서 만나는 사람들의 일상 모습을 담는 스냅들은 스테디 관심사에 속하고, 그 외에 부차적으로 따라다닌 경향은 몇 년을 주기로 바뀌고 있었다. 때로는 풀벌레, 거미, 잠자리 이런 것들이 꽃과 잎 혹은 이슬이나 빗방울에 파묻혀 있는 걸 기록하는 접사에 집착하고 있었고, 때로는 날아다니는 새와 하늘에 떠 있으면서 끊임없이 모습을 바꾸어가는 구름들을 연속사진으로 기록하기도 했는데, 그 중 참 특이하게는 바닥에 떨어진 그림자를 기록하는 일이었다. 그림자를 기록하는 일은 상당히 오랫동안 지속되었는데 아직도 손에서 놓지 않고 있다.

그림자는 그냥 검거나 어두운 무채색이 아니라 그림자를 떨어뜨리는 바닥의 재료가 지닌 고유의 재질과 색깔 색이다. 그림자 사진놀이는 바닥에 떨어진 그림자를 기록하는 데에서 시작되어 담벼락에 비쳐있는 그림자, 주로 나뭇가지나 무성한 나뭇잎 사이로 뻥뻥 뚫어진 구멍이 만드는 동그란 구슬 같은 모양의 음양의 조화, 그리고 한밤중 가로등 빛으로 만들어지는 이루 말할 수 없이 많은 환상적인 형상, 이런 것들로 확산되어진다. 그런 개인적인 취미 내지 경험에 의해 물에 떨어진 그림자 혹은 비친 영상이란 게 어떤 것인지, 그리고 그 형상이 일상의 날씨에 따라 어떻게 달라져 가는지 잘 안다.

그런 나의 이력과도 무관하지 않을 듯한 게, 물의 정원에서 나는 조용히 물 흐르듯이 온갖 정경을 주시하고 있었다. 수초, 수련, 물위에 뜬 구름, 흐릿한 윤곽. 느낌에 와 닿는 대로, 카메라를 의식하지도 않아도 되고 클릭하는 손가락의 움직임도 의식할 필요가 없다. 손은 카메라에 눈은 수면 위에 올려놓고 거의 무심의 지경에 들어본다. 디지털 카메라는 그래서 좋다.

모네의 젊은 시절부터 작품에 줄기차게 나타나고 있었던 물에 비친 영상 그리고 그 표현하는 방식에 따라 화법이 어떻게 시험되고 있었는지 모네의 물의 정원에서 혹 모네가 심중에 담고 있었을 물에 비친 세상의 인상 같은 걸 생각해보았다.

모네의 물의 정원, 그리고 그걸 모티프로 했던 노년의 작품들에서 날이 갈수록 심해진 불명확한 표현 방식이 그의 백내장에 따른 시력감퇴와 그래서도 별도리 없이 그럴 수밖에 없었다는 식으로 의사들의 진료기록 같은 이야기는 모네의 작품을 감상하거나 모네의 수련 모티프 물의 정원을 마주한 이 자리에서는 하나이 의학적 소견일 뿐 아무런 의미가 없어진다.

모네 정원의 여러 스냅

우리 주변에는 항상 가까이 있었지만 거의 인식하지 못하고 무심

지베르니의 정원사

아틀리에와 화훼정원

코 지나쳐왔던 많은 것들이 있다. 관심 있게 들여다보는 순간 눈에 들어온다. 들판의 낟가리 더미, 포플러 가로수, 성당. 모네의 눈에 들어온 것들, 모네가 관심을 기울여 들여다보고 있었던 것들은 여러 연작 그림으로 표현되었다. 물에 비친 반사된 풍경화를 발견한 것도 물의 정원을 만든 것도 어쩌면 그런 여러 연작의 끝에서 시작된 하나의 일이었을 것이다. 모네의 정원은 그저 보기 좋고 예쁜 정경이 펼쳐진 곳, 꽃이 만발하여 아름다운 정원인 것만은 아닐 텐데, 정원에 담긴 작정자의 생각, 정원에 담은 모네의 의도와 통해봤으면 참 좋겠다.

아틀리에 2층 창밖으로 정원이 가득한 뜰이 내다보이는데 아틀리에 안에서의 촬영이 금지되어 있다. 그렇든 말든 2층 아틀리에 창가에서 사람들은 무지하게 사진들을 찍고 있었다. 촬영이 허가된 것 같지는 않지만 감시하는 직원들도 거기서만은 거의 개의치 않아 하는 것 같다.

화훼정원

물의 정원

아틀리에 창밖으로 보이는 아름다운 경관에 화사한 꽃밭을 더해 놓아 사람들의 이목을 끌려는 게 모네의 생각이었을까? 창밖의 정원과 그 너머의 정원 바깥의 숲이 어우러져 아름다운 창밖 경관이 되어 비쳐온다. 창밖으로 화훼원이 수많은 꽃과 꽃밭을 거니는 방문객들 그리고 정원에서 일하는 정원사들로 한바탕 꽃밭을 이루었다. 모네가 창밖으로 내다보이는 그런 정경 같은 걸 의도한 것인지는 물론 짐작할 수 없다.

화훼원을 지나 물의 정원으로 가는 동안 내내, 나는 정원의 풍경은 물론이고 정원을 사진에 담고 꽃을 감상하는 데 몰두한 사람들을 사진에 담느라 분주했다. 모네의 "물의 정원"은 보는 이의 눈을 황홀하게 만든다. 그냥 눈으로 보기에도 참 좋은데 카메라 앵글을 연못 수면에 맞추고 보면 더좋다. 물위에 비친 하늘과 구름, 물위에 떠 있는 수련, 거기에 난간, 다리, 사람 이런 것들이 한데 어우러진 그림이 파인더에 가득 담겨와 그냥 그대로 모네의 수련 연작 작품이 되어주었다. 수련 연작 모티프가 가득 펼쳐 있는 연못, 모네의 정원에는 수면에 반영된 풍경이 펼쳐지고 있었고 정원에 펼쳐지는 시시각각 변하는 그림은 "물에 반영된 세계"였다.

물의 정원을 만난 첫 느낌은 전혀 낯설지 않다는 것이었다. 꼭 전에 와보기나 한 듯 낯익었다. 어디서 본 듯, 꼭 내 마음속에 오랜 동안 품고 있었던 것 같은 모습들이었다. 정원의 정경이 눈에 익은 것은 그게 흡사 모네의 그림 같은 것이어서였을 것이었다. 어쩌면 모네의 정원을 찾아온 모든 사람들도 모두 그런 느낌이었을지 모르겠다. 정원에 모네의 그림을 겹쳐본다. 물에 비쳐 반영된 그림자를 띄워놓은 수면에는 연못과 다리와 수면에 비친 밝은 하늘 그리고 수련이 가득했다. 활짝 피어난 수련에 하늘의 구름이 더해져 구름과 수련이 하나가 되어 있었다. 아치 모양의 붉은 색 구름다리가 걸쳐 있고 길게 늘어뜨리고 선 물가의 수양버들이 어우러져 있는 광경까지 정원에 펼쳐 있는 점경들 모두 모네의 작품 속에서 수도 없이 반복되고 있던 것들이었다.

그러고 보면 모네의 그림들은 물의 정원의 여러 순간을 표현한 기록인 것 같다. 물의 정원에 핀 수련은 모네의 "연못이라는 새로운 물에 열중"한 모티프가 분명한데, 내 눈에 비치기로, 모네는 연못에서 그림의 모티프를 발견한 게 아니라 애초에 "물에 비친 영상" 즉 수련 연작을 위한 모티프로 물의 정원을 만든 게 아니었나 싶은 것이다.

언제쯤인가부터 모네의 그림에서 연못 주변의 풍경이 사라진다. 그리고 물과 반사광이 어우러진 있는 그대로의 연못 풍경만 표현된다. 연못에 비친 모습에 대한 관심은 때에 따라 빛의 상태에 따라 다른 모습으로 나타나는 현상을 관찰하고 대기의 효과를 습작하던 연작들 속에서 드러나고 있었다.

지베르니에 정착을 하고, 정원을 가꾸기 시작한 지 10여 년이 지난 즈음부터 모네는 "반사된 풍경화"를 그리고 있었다. 화폭에 더 이상 하늘이 나타나지 않으며 하늘은 물에 비친 영상으로만 표현될 뿐이었다. 어느 모네 평전 한 구석에서 이런 글귀를 발견했다.

"(모네는) 작품의 모티프로 염두에 두고 있었던 식물을 선택했고 심을 위치도 직접 정했을 뿐 아니라 그림의 모티프로 필요한 만큼 다듬기도 했다. …. (그리고) 아르장퇴유에서 오후에 강변에서 보냈

화훼정원

던 것처럼 이제 모네는 연못이라는 새로운 물에 열중했다."(클로드
모네, 72)

일단 형광펜으로 죽 그어놓고 본다.

19세기 초 독일의 조경가 퓌클러(1785~1871)는, 화가는 화폭에 자
연을 그리는 사람이고 조원가는 대지에 그림을 그려놓는 화가라고 했
다. 모네의 지베르니 정원은 모네의 수련연작을 위한 모티프이자 수면
에 그려진 수련연작이라 해야 할 것 같다. 물의 정원과 연못 모티프가
시작된 것은 같은 시기였다. 모네는 수면에 펼쳐 있는 저런 풍경을 화
폭에 옮겨 왔을 것이었다. 물의 정원 수면 위에 펼쳐진 그것은 분명 야
외에 펼쳐 있는 모네의 '수련'이었다.

야외로 나온 작품

메종 비롱, 로댕미술관. 숲 곳곳에 로댕의 조각들이 야외전시 되어 있다.

정원을 만나는 건지 야외에 전시된 조각을 만나는 건지 분명하지 않다. 그늘에 쉬면서 저택과 정원이 하나가 된 작품들에 시선을 맞추어 보면서 한 바퀴 휘둘러보고 있었다.

메종 비롱, 로댕미술관. <칼레의 시민>

많은 사람들이 그 앞과 옆과 뒤에 빙 둘러서 있다. 조각과 감상자가 1:1로 마주하여 있는 게 아니라 감상자들은 여기저기 사방을 휘둘러가며 감상을 한다. 〈칼레의 시민〉을 야외에서 이렇듯 바로 눈앞에 두고 마주서보면 작품은 정원의 일부가 되고 동시에 정원으로 해서 작품은 전혀 새롭게 다가온다.

훔레베크 루이지아나 미술관, 자코메티 전시실

　　커다란 홀에는 자코메티의 앙상한 골격만 남긴 작품 두 점이 덩
그러니 내던져져 있는데, 창밖으로 커다란 호수가 수면에 파란 하늘을
비추고 있고 수양버들의 그림자에 간간이 흰 구름이 스쳐 지나간다.

홈레베크 묘지

해안사구와 석호를 이룬 곳인 듯 해안 안쪽으로 꽤 규모가 있는 호수를 이루었고 한쪽의 언덕 위에 작은 교회가 있다. 넓은 호수 둘레의 호안도 상당히 가파른 경사면을 이루었는데, 얼마 전까지도 호수변의 호안 기슭에는 묘지가 조성되어 있었다.

로댕미술관 정원의 〈칼레의 시민〉

로댕미술관 <칼레의 시민>

- 〈칼레의 시민〉(1914)

백년전쟁의 초기, 1348년 프랑스 칼레는 영국의 공격에 결사 항전하였으나 견뎌내지 못하고 항복하게 되었다. 시민대표들은 영국 국왕에게 은혜를 베풀 것을 간청하였고 영국 왕은 이에 시민대표 일곱을 희생양으로 삼는 걸로 칼레와 시민들의 안전을 보장하겠노라, 그렇게 되었다. 얼핏 생각하면 영국 왕이 커다란 성은을 베푼 것 같지만 따지고 보면 그건 칼레를 온통 고심의 웅덩이에 빠뜨리게 할 영국 왕의 기막힌 한 수였다. 다 죽는 줄 알았는데 기적처럼 이제 살아나게 되었다. 그러나 누군가는 다른 모든 사람들을 살리기 위해 그 귀한 삶을 포기해야 한다. 어느 누가 이렇게 살아날 실낱같은 희망을 마다하고 그 희생양의 역할을 기꺼이 맡을 것인가. 해법 없는 커다란 혼란을 야기하는 폭탄과도 같은 위력이 잠겨 있었다. 그러나 대혼란에 빠진 칼레를 즐기려던 영국 왕의 기대를 저버리고 용감히 나선 일곱 명. 그리고 이튿날 형장에 나타난 사람은 여섯. 그 중 한 사람은 굴욕적인 죽음보다 차라리 자결을 택하였다. 이야기는 계속 이어져 영국 왕은 아내의 간청을 들어 형장의 여섯을 모두 사면해줬다는 것이다. 로댕의 〈칼레의 시민〉은 영국 국왕 앞에 끌려 나온 시민대표 6인을 표현한 것이다.

19세기 말, 20세기 초는 유럽의 도시에 공공예술이 자리를 잡던 때였다. 공공의 기념비적 건축이 성행하고 광장과 공원이 조성되며 도시의 중요한 길목에 기념비적인 사업을 하는 일이 잦았다. 칼레에서도 옛날 여섯 명의 시민대표자의 영웅적인 모습을 기리며 칼레의 광장에 세울 기념조각을 로댕에게 의뢰했고 이에 제작된 작품이 로댕의 〈칼레의 시민〉(1914)이었다. 현재 〈칼레의 시민〉은 여러 개로 복제되어 유명 도시에서 혹은 야외에서 혹은 실내에서 전시되어 있다. 조각에 대해서 잘 모르기는 하지만 현대 조각은 로댕에 이르러 커다란 전환기를 맞는다는 게 무슨 뜻인지 잘 와닿지 않았다.

파리 로댕미술관의 〈칼레의 시민〉은 나로 하여금 그런 무지함을 털어내게 해주었다. 〈칼레의 시민〉을 보면서 로댕이 이룬 조각예술의 커다란 이정표는 작품과 감상자를 어떤 관계로 맺어지도록 할까 하는 전시 개념의 혁신이란 점에서 전환적이었다는 걸 실감할 수 있다. 파리의 로댕미술관에서 마주한 〈칼레의 시민〉의 인상은 여섯의 영웅 상을 그렸을 것이란 기대와는 많이 달랐다. 여섯 명의 입상들의 군상인데, 머리를 깎고 자루 같은 옷을 입고 목에 밧줄을 두르고 칼레의 열쇠

로댕미술관

를 손에 든 채 모두 맨발이다. 지치고 고뇌하고 침울하며 달리 뭐라 표현할 수 없는 착잡한 만감이 교차하는 표정으로 결코 영웅다운 당당함, 의연함은 찾을 수 없다.

〈칼레의 시민〉을 구상하면서 로댕은 사람들이 시민 여섯과 진정한 교감을 할 수 있도록 좌대 없이 바닥에 내려 설치하고자 했다. 칼레시에서 이 작품을 의뢰했을 때 기대한 건 그런 게 아니었을 게 분명했을 텐데, 거기에 더해 로댕은 좌대 없이 바닥에 작품을 내려놓겠다 했으니 거기서 칼레의 시민들이 분노했을 게 분명하다. 좌대를 놓느냐 마느냐, 얼마나 높고 거창하게 하느냐 하는 일은 21세기 요즘까지도 예민하게 논의될 만큼 작품이나 혹은 작가의 자존심을 좌지우지하는 중요한 일이다. 그런데 로댕의 경우는 작가가 자진 나서서 좌대를 두지 않겠다며 오히려 뒤바뀐 입장이었다는 것이어서 더욱 흥미롭다.

- 정원, 야외 전시 관련 생각

로댕미술관은 원래 정형식의 아름다운 정원이 딸린 귀족의 저택 메종 비롱이었다. 이 저택이 프랑스 혁명 이후 국가 소유가 되면서 한동안 관공서 등으로 사용되다가 1905년부터 유명 예술인들에게 작업장으로 임대해주고 있었다. 로댕, 마티스, 장 콕토 등이 입주했었다. 그러던 중 더 이상 작업공간으로 임대할 수 없는 상황이 되자 로댕은 자신의 모든 작품과 소장하고 있던 수집품들을 시에 기증을 한다는 조건으로 그대로 작업장으로 사용할 수 있도록 요청했다. 그게 받아들여져 로댕은 작업장으로 사용하게 되었고, 로댕 사후 이곳은 로댕미술관

로댕미술관

이 되었다.

정원이 거의 끝나는 즈음의 작은 숲을 이룬 곳을 지나 나서면 〈지옥문〉이 설치된 곳이 있고 거길 지나면 마당 한쪽에 그 유명한 〈칼레의 시민〉이 나온다. 그 앞과 옆과 뒤에는 언제나 많은 사람들이 빙 둘러서 있다. 조각과 감상자가 1:1로 마주하여 있는 게 아니라 감상자들은 여기저기 사방을 휘둘러가며 감상을 한다. 〈칼레의 시민〉을 야외에서, 이렇듯 바로 눈앞에 두고 마주서보면 작품은 정원의 일부가 된다.

정원으로 해서 작품들은 전혀 새롭게 다가온다. 〈칼레의 시민〉이나 〈생각하는 사람〉, 〈지옥문〉 이런 것들은 로댕미술관 정원에서 다시태어나고 있다. 〈칼레의 시민〉은 로댕의 의도대로 좌대 없이 감상자의눈높이에서 사방을 둘러보며 여러 각도에서 읽히고, 누더기 옷을 걸쳐주기 전의 누드 상들을 비롯하여 여러 습작들이 숲속 여기저기에 던져놓듯 전시되어 있으면서 감상자의 눈높이에 따라 다양하게 감상되고있다.

정원을 만나는 건지 야외에 전시된 조각을 만나는 건지 분명하지않다. 아무튼 로댕미술관에서는 저택의 정원을 한 바퀴 돌면서 정원을가득 채운 나무와 조각과 잔디, 그리고 연못이 서로 하나가 되어 어우러진 정경도 만나고 잠시 그늘에 쉬면서 저택과 정원과 함께 하나가 된작품들에 시선을 맞추어 보면서 한 바퀴 휘둘러보고 있었다.

로댕미술관 정원 숲 속의 조각상과 미술관 창밖으로 내다보이는 〈생각하는 사람〉(오른쪽 아래)

로댕미술관

루이지아나 미술관 자코메티 전시실

루이지아나 미술관

- 훔레베크

덴마크의 오래된 어촌마을 훔레베크(Humlebaek)의 해안, 전혀 뜻밖의 곳에 아담하게 자리한 고급스러운 분위기의 미술관이 있다. 1855년 왕실 사냥 담당관 알렉산더 브룬(Alexander Brun, 1814-1893)은 덴마크 북단 해안가, 바다를 사이에 두고 스웨덴이 바라보이는 곳에 과수농원을 갖춘 저택을 마련하였다. 그리고 100년 후, 1958년 크누드

옌센(Knud W. Jensen)에 의해서 미술관으로 태어나게 된다. 브룬의 세 부인 이름이 모두 루이제(Louise)였던 데에서 이름을 따온 루이지아나 미술관이다.

홈레베크는 덴마크 코펜하겐 북쪽 35Km 지점, 해안을 따라 북상해 거의 북쪽 땅끝 가까이에 있다. 해안을 따라 길게 형성된 전형적인 어촌마을로, 마을의 역사는 16세기 즈음으로 거슬러 올라간다. 1895-97년 간에 건설된 해안 철도로 해서 더욱 발전하게 되었고 현재는 인근의 Sletten, Torpen과 통합된 행정구역을 이루어 코펜하겐 근교의 전형적인 주거중심의 도시가 되어 있다.

스웨덴과 마주한 넓은 해안과 바다가 있어 세찬 바람과 추위를 몰고 오는 악조건의 날도 적진 않겠지만 바람이 잦고 맑은 날이면 좋은 바닷가 해안 경관과 함께할 수 있다. 해안을 따라 남북으로 길게 형성된 어촌마을 남쪽 끝 언저리에서 가파르게 깎여나가 가파른 단애를 이루었는데, 해안 단애의 한 곳에서 깊이 파인 골을 이루며 육지 안쪽으로 파고든 곳이 있다. 육지로부터 흘러내리는 물길이 있던 곳이거나 지하수가 용출되어 나온 수원이 있던 곳이었던지 혹은 해안 사구와 석호를 이룬 곳인 듯 해안 안쪽으로 꽤 규모가 있는 호수를 이루었고 호수 한쪽의 언덕 위에 작은 교회가 있다.

호수 둘레 삼면의 호안은 상당히 가파른 경사면을 이루고 있다. 얼마 전까지도 호수변의 호안 기슭에는 비탈면을 따라 묘지가 조성되어 있었다. 대부분 오래된 묘비여서 한눈에도 상당히 오랜 역사가 있는 묘지임을 알 수 있었다. 이 동네와 호수묘지에 대해 별달리 소개된 것이 없지만 추측해보건대 예전부터 홈레베크의 묘지였던 곳이 분명하

홈레베크 묘지

다. 지금은 초화류가 빽빽하게 덮인 무성한 녹지로 정비가 되어 옛 묘지들이 모두 그 아래에 잘 보존되고 있는지 혹은 모두 이장했는지까지는 확인할 수 없고 호수 안쪽 깊숙이 들어간 평지에 현재의 묘지가 깨끗하게 잘 조성되어 있다.

- 루이지아나 미술관

루이지아나 미술관이 세계적으로 명성이 있는 것은 소장한 컬렉션이나 항상 수준 있는 특별전이 열리기도 하지만 그 이상으로 이곳을 인상 깊게 해주는 건 좋은 뜰과 잔디밭, 좋은 숲 그리고 광활한 대양을 조망할 수 있는 조망점이 되는 언덕의 초지를 갖고 있다는 것과 거기에 더해 전시실과 바깥의 정원을 자유로이 드나들 수 있는 출입구를 여럿 갖추어두었고, 온통 유리벽으로 되어 전시실 유리벽을 통해 작품과 바깥뜰과 정원이 관람객들과 함께 해준다는 것이다.

　단층짜리에 불과한 참 작고 아담하지만, 내 외부 공간의 상호관계, 조망과 시점장 그리고 장소마다 적절히 설치해둔 조각품뿐만 아니라 전시관 내부에서 창을 통해 외부 조망이 잘 고려된 그런 것들로 해서 참 매력이 있다. 그 모두가 저택을 미술관으로 리모델링할 때부터 저택의 정원과 훌륭한 조망경관을 잘 계승하고 내외부의 공간계획, 외부 공간의 조경, 차경 같은 조경계획의 ABC를 교과서처럼 철저하게 따라 놓으려는 데서 비롯된 안목, 이런 일들이 이 미술관을 가히 세계적인 반열에 올려놓았다.

관람객들은 문을 열고 정원과 전시실을 자유롭게 드나들 수 있다.

루이지아나 미술관
야외에는 찰스 무어, 칼더 등의 유명작가들의 작품이 전시되어 있고 실내전시실은 모두 창을 통해 바깥의 정원에 그대로 노출되어 있다.

미술관 바깥으로 정원과 바다 건너 수평선을 따라 멀리 스웨덴 땅이 바라 보인다.

- 자코메티 전시실

자코메티 전시실
창밖의 호수와 숲이 그대로 비쳐들고 관람객들마저 작품과 하나가 되어 극적인 느낌을 받게 되어 있다.

　　자코메티(1901~1966)는 스위스 출신 조각가다. 〈걷는 사람〉을 대
표작으로, 자코메티는 볼륨을 완전히 무시한 작대기 같은 모습의 골격
만 남은 인체를 작품 주제로 삼았다. 그는 40대 후반부터 갈대처럼 가
느다란 조각상을 만들어 부피도 무게도 없는 인체를 표현하기 시작했
다. 마침 제2차 세계대전이 끝난 즈음의 거리를 지나는 사람들의 표정
과 모습에서 사람들은 죽은 사람, 의식이 없는 사람들보다 더 가볍게
보였고 그래서 작가는 그런 가벼움을 보여주고자 한 것이었다고 술회

했다고 하는데, 감상자 입장에서 자코메티의 조각은 그런 가벼움과 상실감 같은 것이 아니라 모든 외형의 볼륨이 사라진 끝에 남은 결코 가볍지 않은 인체의 존재로 비쳐본다. 그래서 그건 상실감이 아니라 오히려 존재감의 강한 의지를 떠올리게 한다. 일반 감상자 입장에서 해보는 이야기지만 물씬 느껴오는 그 충만감을 간과해서는 안 될 것 같다.

대학원 석사과정 시절의 어느 수업, "볼륨과 매스(Volums & Mass)"에 대한 주제발표에서 나는 자코메티의 작품을 예를 들어 다룬 적이 있었다. 자코메티 조각 하나하나 개별 작품에서 우리는 결코 매스를 느낄 수 없고 또한 볼륨을 느낄 수도 없지만, 그의 작품을 여럿 군상으로 보아놓고 보면 전혀 상황이 달라진다. 지붕 없이 기둥만 남은 고대 신전 유지에서도 사람들이 옛 신전의 공간을 느끼는 것은 최소한 기둥 열주들이 만드는 지붕 없는 공간에서도 공간감이 엄연할 수 있는 걸 보여주는 것과 같은 이치로 설명이 된다. 자코메티의 작품은 전시작 여럿을 한데 모아놓은 군상으로써 만나거나 개개의 단독의 작품으로 만나게 되면 각각 공간감, 충만감 혹은 단단한 존재감 같은 걸 느낄 수 있다. 그게 오히려 작가가 이야기하고자 했던 가벼움의 표현일지 모른다.

자코메티의 작품은 가느다란 골격의 노 볼륨에 사람의 키보다 훨씬 큰 대작도 있지만 작게는 손가락만한 가늘고 작은 것들도 있어서 재료감을 느낄 여유도 없을 만큼 가녀리다. 청동으로 제작되어 야외 전시에 아무 문제가 없겠지만 자코메티의 길고 가녀린 외형에서 오는 인상으로 해서 옥외의 거친 환경에서 이 작품들이 작품성을 유지하면서 감당해낼 수 있을 것 같지가 않다. 유리 상자 안에 소중하게 간수해 두어야 할 것 같다. 루이지아나 미술관에 자코메티 전시관이 별도로 마

자코메티 작품. 소형의 작품들은 만지면 다칠까 고이 모셔두어야 할 것 같다.

련되어 있는 것도 그런 가녀린 이유 때문인지도 모른다. 예상대로 작은 유리벽으로 쇼윈도를 만들어놓고 거기에 소장해둔 작품도 있고, 작은 소품들을 작은 좌대 위에 여럿 나란히 세워놓아 사람들은 그들을 무슨 박물관에 전시해둔 청동 출토물을 대하는 것처럼 소중하게 들여다보고들 있었다. 어쩌면 이곳 전시 큐레이터의 전시의도가 그랬던 것인지도 모르지.

　작은 소품들을 전시해놓은 전시실을 지나 자코메티 전시 메인 홀은 계단으로 높은 한층 층고 이상이 되도록 아래로 내려간 커다란 홀에 마련되어 있다. 관람객들은 홀로 내려서기 전 발코니가 되어 있는 곳에서 아래로 내려다보게 되어 있는데, 놀랍게도 커다란 홀에는 자코메티의 작품 두 점밖에 없다. 홀에는 자코메티의 앙상한 골격만 남긴 작품 두 점이 덩그러니 내던져져 있는데, 그마저 전시실에 들어서면서 곧바로 발코니 식으로 마련된 작은 라운지로부터 커다란 홀을 내려다보는 시각으로 만나도록 되어 있다. 계단을 타고 저 아래의 전시실로 내려갈 수도 있지만 잠시 발코니에 머물면서 홀에 내려가 바로 눈높이에서 작품을 감상하며 혹은 기념촬영을 하는 사람들과 합쳐진 모습을 내려다보고 있노라면 앙상한 골격의 자코메티 작품은 결코 외롭지 않다. 창밖으로 커다란 호수가 수면에 파란 하늘을 비추고 있고 수양버들의 그림자에 간간이 흰 구름이 스쳐 지나간다.

자코메티 전시실은 전시 개념이나 감상자의 관람 방식에서 옥외와 실내의 구분이 없어진 특이한 곳이다. 전시실 밖의 호수와 수양버들 그리고 하늘과 구름. 그게 훔레베크의 마을 공동묘지라는 걸 알고 나면 이 전시 개념과 전시관의 공간계획 그리고 경관의 차경기법 같은 게 이곳 자코메티 전시관에서 환하게 빛을 발하는 존재인 것을 알아차린다. 야외전시를 하기에 적합하지 않은 자코메티의 이 작품들을 야외 전시한 것 이상으로 제대로 전시해놓은 것이다.

작가의 정원, 마음의 정원

몬타뇰라

- 작품을 위한 정원

　작가의 정원을 찾아다닌 여행, 버지니아 울프의 몽크스하우스와 헤르만 헤세의 몬타뇰라를 거쳐 클로드 모네의 지베르니 정원에 이르렀다. 모두가 아름답고 소박하고 화려한 개성을 가지고 있어서 어느 하나로 제일이고 아니고를 따질 것은 아니었다. 정원은 아름다운 꽃과 잘 가꾸어져 있는 외형으로뿐 아니라 정원에 담긴 사람들의 이야기가 함께 해서 더욱 아름답다. 개인의 취향에 따라 울프의 정원이 가장 아름다울 수도 있고 모네의 정원이 가장 마음에 들 수도 있다. 또는 울프나 모네의 정원처럼 연못도 아름다운 꽃이 만발한 꽃밭도 없이 어떻게 정원이라 꼽을 만한 것도 아닌 헤세의 정원, 정원이란 그냥 마음에 그려볼 수 있는 것이라고 여기는 사람이라면 헤세 정원이 잘 어울릴 수 있다.

모네의 정원으로부터 자연스럽게 파리 시내의 로댕미술관으로 발걸음이 이어졌고 예전에 가본 기억을 살려 덴마크의 루이지아나 미술관 같은 곳을 찾아가 미술관이 품은 아름다운 경관들을 만나면서 로댕미술관과 루이지아나 미술관의 두 미술관 이야기에 이르면 애초에 주제로 삼았던 작가의 정원의 취지가 무색해진다. 로댕의 〈칼레의 시민〉은 실내보다는 야외에 전시되도록 창작되었고 자코메티의 〈걷는 사람〉은 왠지 바깥의 거친 환경에서는 제대로 견디어내지 못할 것 같이 가냘프고 왜소해 보여서 반드시 실내에서 보호받아야 할 것 같다. 두 미술관은 직접간접으로 외부의 자연 풍경으로 전시환경을 삼고 있었다. 그래서 이제 작가의 정원이란 주제는 작품의 정원이란 옷으로 갈아 입는다. 즉 모네의 정원처럼 작가가 이룬 작품으로서 정원, 〈칼레의 시민〉의 로댕미술관 같은 작품을 위한 정원, 루이지아나미술관 칼레전시관 같은 작품과 함께한 정원을 발견하는 여행 방식이 되어간다.

루이지아나 미술관의 자코메티 전시실 밖에 비치는 수양버들과 연못은 훔레베크 마을의 공동묘지였다. 20여 년 전의 루이지아나와 처음 만났을 때의 기억은 생생한데 마땅한 사진이 남아 있지 않아 이번 여행 중 일부러 찾아가 보았다. 미술관과 전시실 그리고 외부 경관과 주변 조경을 맡았던 건축가와 조경가, 그들뿐만 아니라 적절한 전시환경에 대한 논의에서 반드시 참여했거나 어쩌면 전시 큐레이터까지 해서 셋 중 어느 누구가 주도했든 간에 루이지아나 미술관은 미술관과 공동

묘지와 전시 작품이 하나로 어우러지는 전시공간으로 기획된 것이다.

작품 전시를 위해 묘지를 차경한 아이디어는 의미상으로나 계획 과정으로나 훌륭한 조원설계에 버금간다. 작품을 감상하는 감상자는 환상적인 정원을 거닐 듯 공간 속에 흠뻑 빠져든다. 헤세의 묘, 자코메티 작품의 전시배경이 된 홈레베크의 공동묘지 그리고 여행 도중 지나는 길에 들러보게 된 여러 묘지들. 이 여행에서 마주한 여러 묘지와 마주하다보면 뭐 새삼스러울 일도 아니지만 묘지 또한 특별난 의미에서 정원이란 확신이 든다.

모네는 정원에 피어나는 자연의 소재와 자연의 현상, 물 위에 떨어지는 한 다발 햇살과 버드나무 가지를 건드는 한 점의 바람까지도 놓치지 않고 화폭에 옮겨놓았다. 그처럼 정원을 잘 묘사해주고 그처럼 정원의 면면을 드러내 잘 보여주는 예가 달리 있을까. 모네의 화폭 위에서 모네의 정원은 환히 살아 움직인다. 헤세의 정원이나 울프의 정원과는 다른 차원에서 작품으로 빠져들게 한다. 1890년 이후로 생 빅투아르 산으로 '모티프'를 삼았던 세잔(1839-1906)처럼 그 즈음의 모네(1840-1926)에게서 그의 정원은 '반영된 세계'를 위한 '모티프'가 되어주고 있었다.

버지니아 울프를 만나러 뭉크스하우스를 찾아갔는데, 버지니아는 체질적이었거나 심신이 불편해서였거나 손에 흙을 묻혀가며 정원을 돌보기를 썩 좋아한 것 같지 않았고 그래서 레너드 울프를 덤으로 만나게 되었다. 워낙 몽크스하우스에 정착하려 한 것도 레너드의 뜻이었을 것 같고 정원을 가꾸고 돌보는 일도 레너드의 몫이었을 게 분명했다.

많은 시간을 침대에서 보내면서 책을 읽고 글을 쓰고 했을 버지니아, 뜰에 펼쳐진 화사한 빛이 창을 통해 비쳐든다. 레너드는 아내를 위해서 뭔가를 하고자 했고 그게 정원이었을 것이다. 정 방에 틀어박혀 바깥으로 나서기조차 싫다면 창밖에 둘러 있는 자연을 벗 삼아 마음을 가라앉혀라, 혹 그러다 내키면 꽃밭을 좀 거닐고 그 끝의 오두막에 가서 글도 쓰고 그러렴.

아내를 위해 정성을 들인 그 일은 또한 레너드 자신을 위한 일이 되었을지도 모른다. 아내를 향한 배려를 읽을 수 있는 이 정원, 영화 〈The Hours〉가 상상한 장면, 마지막 편지를 남기는 버지니아와 정원에서 일하다가 들어와 그 편지를 읽는 레너드가 겹쳐진다. 여기야말로 세상에서 제일 아름다운 (이야기가 담긴) 정원이 아니겠나 싶다.

- 힐링가든

내가 만난 사람 열이면 아홉이 "내가 가지고 싶은 집"으로 손바닥만한 뜰이 있는 집을 꼽았다. 뜰에다 꽃나무도 좀 심어 작은 나무 그늘을 드리우고 때때로 그 아래에 자리 깔고 앉아 차를 한잔 하거나 담소 나눌 수 있도록 깨끗하게 잔디를 깔고 싶다. 아이들이 뛰어놀고 당연히 예쁜 강아지도 한 마리 맘껏 뛰어놀 수 있는 만큼은 되어야 할 모양으로 조금씩 여러 작은 욕심들이 더해지면서 손바닥만한 걸로는 감당할 수 없을 정도로 커져간다. 정원을 가꾸고 꽃과 나무와 함께 숨 쉬고 대화하는 것도 좋지만, 마당이 있는 집을 장만해야 하고 정원 일을 할 시간을 만들어야 하니 그게 또한 만만치가 않다. 가슴으로는 모네나 울프의 정원처럼 아름다운 정원이 있는 집을 가지고 싶은데, 머리로는 자유로운 일상과 외출을 보장하는 삶의 공간, 아파트로 상징되는 도시생활 그걸 포기할 수 없다. 집을 장만할 수 없는 많은 사람들을 포함하여, 과연 우리는 뜰이 있는 집의 꿈, 이룰 수 있을까? 카사카무치의 헤세는 뜰이 없는 집, 아파트나 다세대 주택 혹은 셋집에서 '나를 위한' 어떤 걸 보여주었다. 어쩌면 오늘날 우리의 정원문화를 풀어갈 실마리를 내 보여준 게 아닌가? 여행을 하는 내내 헤세의 정원을 떠올리고 있었다.

워낙 정원이 여행의 주제였기도 했지만 이 여행을 준비하면서 그리고 여행을 하는 동안 전에 없이 정원에 애착과 관심을 기울이고 있었다. 울프 정원을 레너드의 마음으로 읽고 헤세의 아픔과 치유 방식을 들여다보면서 몬타뇰라 일대를 걷고 또 걸었다.

그 즈음 나는 남 모를 아픔을 갖고 있었다. 그래서 더욱 나를 돌이켜보고 나를 잊어야 했다. 그런 게 어디 나만의 일일까. 요즘 우리 세상에 아픔 하나쯤 없는 이가 어디 있나. 우리 사회는 급성장한 경제적 물질적 환경에 대한 반대급부로 많은 정신적인 압박을 받는다. 우리는 그런 아픔으로부터 벗어날 마음의 치유를 필요로 한다. 자연을 찾고 싶고 정원 일에 몰두하고 싶고, 땅 한 뙈기 없이 집도 절도 없지만 그저 뜰이 있는 집에 꽃이고 나무가 가득한 집이 부러워지고, 전에 없이 다가오는 그런 일은 다름아닌 우리 자신의 치유행위일지 모른다.

여행을 끝내던 즈음 (혹은 어쩌면 그 전에 이미 그랬을지도 모르게) 나를 둘러싼 어두운 구석으로부터 벗어나 있는 나를 발견할 수 있었다. 지나고 보니 울프며 헤세며 해서 찾아다닌 정원여행, 그게 모두 나를 치유해가는 과정이었던 것 같다. 혼자였다면 불가능한 일이었지만, 내 곁엔 정원이 있었다.

| 문헌 출처 |

1. 헤세

헤르만 헤세, 두행숙 옮김, 〈헤르만 헤세의 정원일의 즐거움〉, 이레, 2001
인용부분 : p. 20-21, 31, 61, 62, 68, 69, 70-72, 85, 115, 121, 122, 137, 155, 178, 179, 183, 193-196, 208, 212

헤르만 헤세, 정서웅 옮김, 〈테신, 스위스의 작은 마을〉, 민음사, 2000
인용부분 : p. 20-22, 57, 62-63, 102-104, 115-116, 127-128, 130, 137-138, 146-148, 180-182

2. 울프

나영균, 〈버지니아 울프〉, 정우사, 1995
인용부분 : p. 77, 79, 98-99, 115, 188, 190, 192

버지니아 울프, 신현규 옮김, 〈댈러웨이 부인〉, 신원문화사, 2003
인용부분 : p. 2-33, 243-244

3. 모네

크리스토프 하인리히, 김주원 옮김, 〈클로드 모네〉, 마로니에북스, 2005
인용부분 : p. 72

4. 기타

지그프리트 겐테, 권영경 옮김, 〈독일인 겐테가 본 신선한 나라 조선, 1901〉, 책과함께, 2007
인용부분 : p. 175-176

엠마 리치먼드, 김윤영 옮김, 〈백만장자와 정원사〉, 신영미디어, 2001
인용부분 : p. 6, 19, 58, 60, 72

세상에서 가장
아름다운 정원

초판 1쇄 인쇄   2016년 5월 20일
초판 1쇄 발행   2016년 5월 27일

지은이 / 정기호
펴낸이 / 정규상
펴낸곳 / 성균관대학교 출판부
출판부장 / 안대회
편집 / 신철호 현상철 구남희 정한나
외주디자인 / 장주원
마케팅 / 박정수 김지현
관리 / 오시택 박인봉

출판등록 1975년 5월 21일 제 1975−9호
주소 (03063) 서울특별시 종로구 성균관로 25−2
대표전화 02−760−1252~4 팩스 02−760−7452
홈페이지 press.skku.edu

ⓒ 정기호, 2016

ISBN 979−11−5550−168−9 (03800)